召喚師的馴獸日常
06
END
這回勇者不鬥惡龍，只砸門
喵四郎—繪

序章

從前從前，有座漂亮的莊園裡住著一位魔法師，大家都稱呼他為大魔法師貝卡。

那是個戰火連綿、生靈塗炭的時代，人類與幻獸之間持續長達數千年的戰爭，幾乎要在幻獸取得壓倒性優勢的情況下落幕。

爲了守護自己的家園，大魔法師貝卡創造了「契文」的魔法，只要在幻獸身上烙印下契文，雙方間「意志」的強弱便會成爲唯一的勝負判定方式。

起初，眾人並不相信大魔法師貝卡的契文，而多數施法者的意志往往也無法控制太強大的幻獸，因此這個魔法推展得並不順利。

直到某日，一頭惡名昭彰的飛龍襲擊了莊園，大魔法師貝卡身邊忠心的騎士芬里爾挺身而出，高舉寶劍，英勇地衝向那頭飛龍，並將契文烙印在飛龍身上，結果竟奇蹟似的馴服了惡龍。

這個事蹟頓時轟動了人間界，騎士芬里爾一戰成名，人們從此將大魔法師貝卡的魔法當成唯一的希望，紛紛前往莊園尋求收服幻獸的方法，日後名聞遐邇的貝卡帝國也是在此時打下建國基礎。

契文的魔法自然也吸引了許多意志強大的英雄造訪，其中的佼佼者便是勇者席爾尼斯。故鄉被魔族摧毀的勇者，毅然決然踏上了復仇的旅程，來到大魔法師貝卡身邊，請求魔法師賜予契文的魔法，並協助魔法師壯大勢力。

後來，勇者率領貝卡軍隊殺進傳說中的魔窟深淵，一路過關斬將，來到了魔王面前，當著魔王之子的面親手砍下魔王的頭顱，爲他的復仇之路劃下句點。

人們都說勇者手刃仇人，卻不讓仇恨波及無辜的對象，放過了仇人之子，品行實在高潔。

騎士芬里爾的英勇與忠誠被歌頌，勇者席爾尼斯的仁義與氣度被讚揚，他們是大魔法師貝卡底下最著名的兩位英雄。人類重新燃起了希望，越來越多人相信自己心中的力量，挺身而出成爲拯救蒼生的英雄。

最後，人類依靠契文徹底逆轉局勢，戰勝了幻獸，並令所有幻獸爲奴，人們無不崇敬帶來契機的關鍵人物大魔法師貝卡。

大魔法師貝卡率領英雄們建立起召喚之國，爲人類歷史寫下新的篇章，身爲改寫歷史的傳奇人物，大魔法師貝卡謙虛地表示，一切都是因爲他擁有意志堅定的夥伴們，才能獲得成功。

「縱使這場戰爭十分艱辛漫長，我的摯友芬里爾與席爾尼斯仍始終跟隨在我身邊，他們是最可靠也最值得信賴的同伴。」大魔法師貝卡去世後，他的子孫發現他在日記裡如此寫著。「契文或許是致勝關鍵，不過最重要的還是人心。人類若團結起來，將發揮超乎想像的強大力量，所以我們一定要團結。只要團結，幻獸便永遠無法擊敗我們。」

爲了避免戰爭的噩夢重演，大魔法師貝卡的子孫謹記他的遺言，率領勇者與騎士的後代展開漫長的征伐，以擴張領土。

直到千年後的今天，他的子孫依然貫徹他的意志，堅守召喚的榮耀。

儘管夜色已深，宮廷中依舊有間書房燈火通明，貝卡帝國的現任國王待在書房裡，認真地研讀書籍。

在讀完大魔法師貝卡的日記手抄本後，他的身體向後靠著柔軟的椅背，發出疲憊的嘆息。

他想做的，僅僅是團結眾人而已。

然而在這個人類與幻獸逐漸消弭隔閡的年代，他的所作所爲已經不如大魔法師貝卡那般被人歌頌，就連他自己也一度懷疑這樣的想法是否正確，但最後他還是選擇相信祖先的理念。

在這個世界上，總要有人爲最糟糕的結果預先準備。

敲門聲響起，老國王坐直了身子，以低沉的嗓音准許門外的訪客入內。

當看見這位深夜裡的訪客時，他不禁皺起眉頭。

「修迪？這時間你該就寢了。」

「抱歉，跟父王一樣不小心讀書讀到太晚，回過神來就已經是這個時間了。」修迪有些不好意思地回答。聞言，國王也只能嘆口氣。

這孩子的努力他一直看在眼裡。

正因為修迪出身不好，又不像其他王族一樣自小便得到完善教育，所以進宮後，不管是王族的禮儀還是召喚學識，修迪都付出全力去學習，即使必須偽裝起真正的自己也在所不惜。

在他的漫漫人生中，修迪是少數令他感到安慰的存在。

他還記得這孩子第一天搬入宮廷時，臉上寫滿了驚恐與不解，哭哭啼啼表示自己不想當什麼王子，只想回去跟媽媽一起生活。

當時他去見了被扔在長廊上的修迪，修迪一看見他身旁跟著的大蛇就尖叫出聲，要他別過來。

對一國之君說這種話是十分失禮的，但國王並未因此發怒。他讓大蛇留在原地，緩步走到修迪面前，蹲下來與年幼的兒子平視。

「你是誰？就這樣把那條蛇留在那裡沒問題嗎？他不會攻擊我們？」修迪的雙

眼盈滿淚水，聲音帶著顫抖。

「你害怕幻獸嗎？」國王平靜地問。

修迪搖搖頭，卻又有些恐懼地望了大蛇一眼，吞吞吐吐地開口：「我、我只害怕不受控制的幻獸……我有個朋友因爲沒控制好幻獸，差點把大家殺死。雖然最後大家逃過一劫，可是我的使魔在那時犧牲了。」

說到這裡，修迪的臉色黯淡下來，遲疑地看向國王。「叔叔，你的幻獸有控制好嗎？不受控制的幻獸很可怕，他們非常危險，會傷害人的。」

國王安靜地注視修迪。

良久，他緩緩伸出手，用大掌摸了摸修迪的頭。

「你放心，我的幻獸受過良好訓練，也被我用契文牢牢掌控著，不會攻擊人的。」他用略微溫和的語氣說。「你知道嗎？很久很久以前，契文並不存在，在那個年代，人類的領土被幻獸肆意破壞，數不清的人成爲幻獸的糧食。後來大魔法師貝卡，也就是你的祖先，創造了契文，因此我們才能有今天。」

見修迪神情專注，完全沉浸在他的話語中，國王繼續說：「你的體內有著英雄的血脈，我也是。正因爲這世上存在太多一旦失去契文控制就會反撲的幻獸，才需要我們。透過契文與召喚術守護人類的世界，這是我們的使命。」

「眞的嗎？我也能承擔這個重責大任嗎？」不知何時，修迪停止了哭泣，用稚嫩的聲音顫抖著問。

「你可以的。爲了不讓同樣的遺憾再度發生，你必須堅強起來，肩負所有人民的希望。縱使前路布滿荊棘，但這個世界需要我們，所以成爲王子吧，繼承大魔法師貝卡的意志，守護這個世界。」

那天之後，修迪再也沒有吵著要回家。

國王記得修迪非常喜歡那段傳奇年代的故事。他們的祖先率領眾多擁有強大意志的英雄，一步一步將人類的領土奪回，這些事蹟眞要仔細說起來，那眞是怎麼說也說不盡。英雄們的故事一直存於召喚之國的孩子們心中，激勵他們成爲更優秀的召喚師。

在修迪年幼時，他常與這孩子坐在溫暖的爐火邊，一起讀英雄們的故事。

「父王，芬里爾與席爾尼斯眞的太厲害了，我好喜歡他們攻陷敵營、救回大魔法師貝卡的故事，怪不得大魔法師貝卡說他們是最值得信賴的夥伴。」修迪趴在他的膝蓋上，對他露出燦爛的笑容，一臉憧憬。「如果將來我遇到困難，席爾尼斯家與芬里爾家的人也會伸出援手嗎？」

聽見這個問題，國王猶豫了。

沉默了一陣，國王深深嘆息一聲，摸摸修迪的頭，以沉重的語氣開口：「修迪，千年的時間太過漫長，長到足以令整個世界產生變化，當然也包括家族與家族之間的關係。現在的勇者與騎士家族，已經不是我們以前所認知的那個勇者與騎士了。」

國王年輕時也曾像修迪那般，期待自己會和大魔法師貝卡一樣，身旁有忠心的騎士與勇者輔佐他統治國家。

然而血淋淋的現實打碎了他的美夢，經過漫長的歲月，貝卡家早已跟席爾尼斯家、芬里爾家漸行漸遠。

原本忠心耿耿的芬里爾家改變了效忠對象，從龍騎士變成龍的奴僕，而席爾尼斯家不再認同他們的理想，而是渴望與幻獸和平共處。

最後，只剩下他們家族堅持依循大魔法師貝卡的理想。

這件事修迪遲早要明白，可是國王不忍讓那張猶帶天真的臉龐露出失望的表情，所以當時並未說出所有眞相。

如今修迪已經長大成人，是時候揭開了。儘管他從修迪猶豫的態度得知，這孩子還沒有完全準備好接受這一切。

「父王，我們眞的必須犧牲最後的魔王召喚師嗎？」修迪神情複雜。「席爾尼斯家千年來不斷獻上祭品讓我們召喚魔王，已經仁至義盡了。現在他們家僅剩兩人相依爲命，儘管如此，我們還是非得……要他們犧牲最後的魔王召喚師嗎？」

「修迪。」國王嘆了口氣，聲音充滿疲憊。「只差最後一步了，我們需要魔王召喚師。只要召喚出魔王，我們就能不費一兵一卒奪下賽比西林。現任魔王的能力非常稀有，不但可以讓我們省下修復領土的時間，也可以讓我們輕鬆接收賽比西林軍隊，當年水都正是這樣奪過來的。」

「我們……一定要拿下賽比西林嗎？」

「你忘記大魔法師貝卡的願望了嗎？」國王的語氣嚴肅起來。「我們必須團結人類，守護這個世界。征服賽比西林的話，就能讓這個國家與我們一心同體了，貝卡之所以如此強盛，不就是祖先們費盡艱辛擴張領土得來的結果嗎？事到如今，你還有什麼好懷疑的？」

一聽到這個最崇拜的名字，修迪緘口不語。

國王明白，修迪之所以如此猶豫，是因爲那個魔王召喚師剛好是修迪進宮前的玩伴。他可以理解修迪的心情，不過身爲一個王，他不能因此心軟而誤了國家大事。

想到此處，他忍不住又嘆息一聲。

「席爾尼斯已經不是我們的夥伴了，修迪。他們選擇了不同的道路，那條路在我看來虛幻且不切實際，更與我們的理念相斥。」他的語氣流露出一絲感慨，眼神不禁飄向遠方。

席爾尼斯家的想法就是天眞的理想主義。解放幻獸，聽起來十分具有人道精神，也符合當今的趨勢，但誰能保證解放之後，黑暗的時代不會再度降臨？

人類奴役了幻獸千年，怎麼可能沒有幻獸心懷怨恨？席爾尼斯家也許可以懷抱著理想賭一把，可是貝卡家不行。

只要有一隻S級幻獸還憎恨著人類，便可能造成無數傷亡，這個未來，國王賭不起。

對他而言，大魔法師貝卡的理念所構築的是最好的未來，為了這個未來，即使要將席爾尼斯家的最後價值利用殆盡，他也在所不惜。

「……我明白了。」修迪悶悶不樂地回應。「這件事我就不再提了，抱歉，打擾父王了。」

語畢，修迪轉過身，腳步略顯虛浮地離去。

修迪並沒有完全認同他的做法，這點國王自然看在眼裡。他知道自己短時間內無法說服修迪，只希望修迪能明白他的苦心。

當年唐娜抵死不肯遵從他的理念，所以他不得不將她軟禁起來，因為除此之外別無他法。唐娜的觀念完全是邪門歪道，身為召喚之國的守護者，他認為自己有義務管束好這名思想危險的嫌犯，即使唐娜是他的女兒。

為了大魔法師貝卡所描繪的烏托邦，一切手段都是必要之惡。

國王看著自己映在窗玻璃的身影，眼前的男子早已不再年輕，甚至有些滄桑。

召喚師的馴獸日常 12

儘管如此，那雙眼中仍流露出不屈的意志。

「即使沒有人理解……」他低聲喃喃。「我也會堅持到最後。」

第一章

在不見天日的幻獸界深淵裡，魔族的重要腹地——魔王城，響起悽慘的哀號聲。前些日子，他們的回收官抓回一個頭等要犯，掌管魔王城的其中兩名天王因此喜出望外，還親自出馬監視這名罪犯。

這名罪犯的罪名是什麼呢？擁有「深淵之眼」頭銜的烏鴉王克羅安表示：怠忽職守、擅自離開工作崗位。

「我已經工作好久了，讓我休息吧……」

「說這什麼話！你才開始幹活不到十分鐘！」

克羅安氣呼呼地站在具有上千年歷史的古老書桌上，揮翅拍開試圖伸出手求情的魔王雷德狄。

被困在椅子上的雷德狄就像枯萎的花朵，垂頭喪氣看著桌上堆積如山的公文。他原本好好地在他的次元門前一邊泡茶一邊跟諾爾玩桌遊，怎知下一秒身子突然被定住，幾條黑色觸手從身後冒出，他還來不及反應就被拖進了黑漆漆的亞空間裡。

追根究柢，原來是才任職兩百年的觸手回收官爲了離家出走，跟政務官吵得不可開交，結果政務官說了一句「我們這裡因爲魔王出走，人手已經很吃緊了，你要是再走，工作真的就做不完了」，於是回收官便二話不說去將魔王綁了回來。

把雷德狄抓回來後，回收官很沒良心地丟下「抱歉啊，雷德狄，但只有這麼做佛洛才會放我離開」這句話就溜了，留下手無縛雞之力的可憐魔王。

「欺負一個E級有意思嗎……」雷德狄愁眉苦臉地繼續批閱堆積如山的公文，但這話讓克羅安更加憤怒。

「你一個曾經瞬間擺平上千隻幻獸的魔王，好意思這樣講？要是不派勒格安斯出馬，深淵裡有哪個魔族能逮住你？」

爲了把遊蕩在外的魔王抓回來，暗黑四天王可是費盡心思，無奈雷德狄的能力實在太棘手，一瞬間發動、一瞬間結束，被他發現的追兵總是因此統統忘了追捕的事，在無功而返幾次後，克羅安他們只得隨他去了。

自從戰敗後，壯大我族、凝聚民心之類的目標，高層魔族們連想都不敢想。雷德狄好不容易完成先王的遺願，讓魔族從被奴役的痛苦中走出，這已經是很好的結果，他們也不想再苛求什麼。

即使魔王城是一盤脆弱不堪的散沙也不打緊，因爲根本不會有其他幻獸想奪取王位，或占領這個瘟疫之地。

一旦成爲魔王，就必須背負「葬送幻獸的未來」這個罪名，繼續被人類利用，威風的頭銜背後並沒有多少光鮮亮麗，平時的工作內容也是。

「與其說我是魔王，不如說我是召喚協會深淵區組長要來得更貼切……」雷德狄無精打采地說。「就算回來執掌國務，平時做的也就是處理召喚協會分配的工作什麼的。」

「儘管如此，還是得有幻獸去攬下這些事。」克羅安冷冷看著他。「以前都是佛洛幫忙做的，你偶爾也該自己來。」

在雷德狄發出長長的嘆息時，書房的門被敲響了。他正要開口請對方進來，克羅安卻很自動地先說了聲「請進」。

「……」

來訪者是一名魔族，他跟雷德狄一樣，頭上生了對羊角，身穿黑衣，肩披白毛圍巾，並背著一把巨劍，臉上的表情淡定得彷彿天塌下來也不會令他驚訝。這名魔族近來備受關注，前陣子才正式加入魔王城小組，作爲替身魔王學習中。

之所以需要魔王替身，是因爲他們的魔王陛下向來以薄弱的存在感當作保護色，這樣的特質其實並不適合擔任魔王，偏偏這是雷德狄的天性。

所幸這名新來的羊角魔族很好地彌補了這個缺陷，雖然前身是羊族，卻擁有即使面對一群S級也不會感到半分恐懼的臉皮——咳，更正，是勇氣。

再加上，這名魔族的氣質和外貌與魔王之名十分相稱，實力也不錯，於是在解決一連串的事件後，羊角魔族便被暗黑四天王挽留下來。雖然他們對魔王的要求不多，但魔王不能見人也太尷尬了，他們還是需要一個能夠擺到檯面上的選擇。

基於只要成爲魔王替身，就不用繳納先前欠下的巨額罰款，這隻淡定魔羊雖然不太願意，還是接下任務了。

「諾爾！」雷德狄喜出望外，高興地說：「你是來救我的嗎？」

「不是。」諾爾面無表情地一秒回應，無情打碎魔王的希望。

「嗚嗚……」

「怎麼了，諾爾？你也想來學習如何改公文嗎？」克羅安的語氣隱含期盼，諾爾飛快地搖搖頭。

「我要回家一趟。」

克羅安和雷德狄都露出困惑的神色。

「這裡不已經是你的家了嗎？你還要回哪？」

「我的故鄉，艾爾狄亞。」

自從諾爾離開艾爾狄亞前往深淵修行後，不知不覺已經過了一年多。如今修行告一段落，奈西的召喚魔王危機也暫緩，因此他打算回鄉一趟。

臨走前，他不忘向佛洛與泰戎道別。雖然跟四大天王相處的時間不算長，不過魔族一向自來熟，這些魔族早已把他當成同一個屋簷下的夥伴了。

承諾自己還會回來繼續做勞動服務後，諾爾便離開了魔王城。他穿越骷髏領地，抵達當年爲了找回克莉絲而初次踏入深淵時，所來到的地點，那時的他根本想不到會從此與魔族結下不解之緣。

正當他尋思著哪裡才是通往艾爾狄亞的入口時，一個熟悉的聲音從他身後輕快響起。

「這不是諾爾嗎？哈哈！你果然也跟我一樣蹺班了！」

諾爾轉頭看向不知何時冒出的無頭爵士勒格安斯，這傢伙精神抖擻的樣子與雷德狄完全成反比。

「我有經過同意。」諾爾的語氣就好像在說「別把我跟你混爲一談」，充滿了嫌棄。

勒格安斯哼了一聲，不滿地抗議：「我明明把一身絕活都教給你了，結果你居然不學我蹺班！」

「誰像你。」諾爾化爲人形，打量了下天空，接著閉上眼睛仔細感受。不久，他猛然睜開雙眼，拔出巨劍，朝空中的某一個點射過去。

一陣波動傳來，巨劍硬生生停滯在高空，下半部沒入漩渦狀的烏雲之中，還纏繞著劈啪作響的雷電。

「喲，不錯嘛，你也懂得暴力開關傳送點了，這樣就不用再講通關密語啦。」勒格安斯拍拍諾爾的肩膀，表達讚賞。「說眞的，你還會再回來的對吧？」

「會。」諾爾點點頭。「深淵也是，我的家。」

這個回答讓勒格安斯很滿意，他開心地揮手與諾爾道別，目送魔羊返回家鄉。

站在與諾爾初次相遇的街道上，勒格安斯盯著那個被強制開出的傳送點，直到它完全消失。

「好啦，小黑，我們走吧！」他帥氣地策馬後仰，架勢非常拉風。「今天一樣要到處找樂子啊！」

馬蹄聲響起，無頭爵士發出宏亮的笑聲，與他的黑馬逐漸消失在街道的彼端。

諾爾從湖中跳出，漫步在艾爾狄亞附近的森林裡。陽光穿過枝葉間隙，在地上留下細碎光點，沒多久他就走出了森林，看見名為艾爾狄亞的高山。

山腳下有座純樸的村落，各種畜牧型幻獸三三兩兩地在村中活動。這裡是艾爾狄亞最熱鬧的地方，有些在山上耕作的幻獸會把農作物拿來這販售，艾爾狄亞的召喚協會辦事處也設於此處。

眼前的景象跟人類鄉間的村落沒什麼不同，差別只在於居民全是幻獸。當諾爾走進村莊時，幻獸們個個停下動作，目光聚焦到他身上。

「那是諾爾嗎？」

「好像是啊，雖然服裝不太一樣，還有種異樣的氣息，但那個長相，絕對是諾爾沒錯。」

「我的天啊，我沒看錯吧？諾爾居然會把劍背在背上？他不嫌重嗎？」

成年幻獸們議論紛紛，而小幻獸們沒想太多，一看到諾爾出現，他們立刻發出驚呼，欣喜地衝上前迎接。

「哇啊——是諾爾！」

「諾爾回來了！」

毛茸茸的小幻獸們圍繞著諾爾，有的親暱地撲到諾爾身上，有的拉著他的手，面對無害小幻獸向來很溫和的諾爾，也任憑這些孩子觸碰。他隨手摸了幾隻小幻獸的頭，孩子們開心地笑了，天眞爛漫的笑聲迴盪在整個村落。

所有孩子都很熟悉這隻大黑羊，因爲諾爾之前經常待在托比的教室睡覺。對他們來說，諾爾是既溫馴又強大的守護者，有他在便能安心。

「一切，還好？」雖然已經辭去守護者一職，諾爾仍掛心艾爾狄亞的安全。

「嗯，最近很少有外地的幻獸來獵食哦！」

「其他地區的幻獸都說，這裡住了一隻很可怕的龍。」

「但爸爸媽媽說那隻龍是守護者，要我們不要怕。諾爾諾爾，你見過那隻龍嗎？」

「我們很想看龍龍守護者，可是聽說龍龍住在高山上，從不下山的。」諾爾一邊被孩子們拖向前，一邊傾聽著童言童語。這個消息令他安心許多，看樣子霍格尼有效地嚇阻了周遭的獵食者。

「托比老師看到諾爾會很開心的！還有其他在上課的朋友也是，快點快點！我們去山丘小教室！」

諾爾點點頭，任由頭上頂著毛茸茸耳朵的小幻獸們將他帶上山。沿途上，孩子們的笑聲引起附近其他幻獸的注意，素來悠閒度日的居民一個個冒出頭。

「哎呀，這不是諾爾嗎？你回來了啊。」肩負示警職責的土撥鼠從地面鑽出來，跟諾爾打招呼。

「什麼風把你吹回來了？」身材豐腴、脖子戴著牛鈴的大媽從屋中探出頭，笑嘻嘻地問候。

「離開這段時間，總覺得你變帥了啊，是我的錯覺嗎？」有隻小鳥和同伴們飛到諾爾身旁品頭論足。

「諾爾諾爾，爸爸媽媽都說你去深淵了，那裡可不可怕？」一隻年幼的小幻獸化為人形，拉住他的手興奮地問。

「聽說深淵中住著很多S級幻獸，真好，我也想看S級長什麼樣子……」

「我在托比老師的教室讀過介紹深淵的書，裡面有魔王城的插圖，看起來眞的好壯觀！諾爾去過嗎？」

諾爾與孩子們漫步在覆蓋著翠綠青草的山間，清新的微風徐徐吹來，他懶洋洋地以自己的步調隨口回答孩子們的問題，不知不覺間，他們抵達了托比的教室。

質樸的木造小教室坐落在視野良好的山坡上，從教室內往窗外望出去，可以瞧見山下的村莊。嬌小的兔子老師剛好講完了課，正打開教室的門送孩子們離去。

「咦？」聽到孩子們興奮的呼喊，托比順著聲音看去，發現了諾爾。「你回來啦。」

諾爾點點頭，接住下了課撲過來的幾個孩子，最後乾脆化爲一隻大黑羊，這樣想跟他親近的孩子統統都能抱著他。

托比知道，諾爾這次返鄉只會待一陣子。畢竟諾爾已經正式成爲魔族的一分子，不會再回歸從前的生活。

儘管如此，在孩子們心中，諾爾仍是艾爾狄亞的守護者，這點托比可以從小幻獸們的神情和態度看出來。諾爾從小就相當受小動物的歡迎，連他的主人也是個擁有小動物特質的召喚師。

「既然回來了，就順便上山探望羊爺爺吧，霍格尼應該也在那裡。」提到那位養育諾爾的長者，托比忍不住嘆息一聲，隨後像是想起什麼似的，又補充：「對了，有空去羊爺爺的舊教室看一下吧。」

「怎？」諾爾記得那間教室塵封已久，應該沒有在使用了。對他而言，羊爺爺的教室是充滿回憶的地方，而且他幼時的夥伴都葬在教室附近的山坡。然而自從離開艾爾狄亞後，他便沒再回到那裡過，也很久沒去看看那棵樹了。

「舊教室附近的山坡發生了一些變化。」托比拍拍諾爾的蹄子，語氣聽來頗爲滿意。「我想你會喜歡的。」

第二章

「不行了，我眞的不行了……我沒有天分，這一科就放棄吧……」

寬廣的圖書室裡，兩名少年坐在晒得到午後陽光的位子上，桌面攤滿了書本和考卷，顯然正在認眞準備考試。

金髮少年一副愁眉苦臉的樣子，看著被坐在對面的銀髮少年推過來的講義，上面是滿滿的召喚陣圖。在他眼裡，這些陣圖根本沒什麼差別，他始終學不會如何分辨，偏偏召喚陣學是召喚師必修的科目。

召喚陣學就跟數學一樣，有很簡單、很基本的部分，可眞要研究起來卻是無窮無盡，由符文與陣法精密結合而成的陣圖乃是一門深奧的學問。

即使銀髮少年是幾乎年年成績第一的學霸，面對金髮少年無論如何都無法開竅的情況，也是一個頭兩個大。

「現在放棄的話，你的期中考就眞的危險了！」銀髮少年伊萊指著講義上的六個陣型，強硬地說：「至少要把這個記起來，如果你連S到E級的陣型都判斷不出來，期末考會死得更慘。」

「……」

年輕的金髮少年勇者——奈西，開始懷疑自己的父親當年究竟是如何跟伊萊一樣，成爲人人佩服的學霸。

雖說奈西憑藉對幻獸的熱愛考入了召喚師學院，但召喚師要學習的知識可不只有召喚。其中結合符文與陣法的召喚陣學，以及估計召喚時間的魔力計算學，便是令奈西十分頭痛的科目，他比較擅長的是幻獸研究學、幻獸生態學與實戰課程。

說起來，他之所以能考取A級召喚師，也是多虧有伊萊幫忙，才能順利通過筆試。重視實力與名聲的芬里爾家，每年都會根據歷屆試題並配合實際考科自製一份不外傳的模擬試卷，因此筆試不及格的情況鮮少在芬里爾家發生。

結束在水都的實習，返回王城後，伊萊便毫不猶豫地偷了一份模擬試卷給奈西，奈西後來也眞的在正式檢定考時，看到許多與模擬試題相似的題目，因此很順利地通過筆試。

當然，偷寫過芬里爾家的模擬試卷什麼的，奈西自然不會說出口。

不過靠著從芬里爾家偷來的模擬試卷、從芬里爾家搶來的紅龍考取了A級召喚師資格，仍不代表奈西就此一帆風順了。在學校裡，他依舊被不拿手的那些科目折磨得死去活來。

「這個……是A級召喚陣？」奈西苦思良久，艱難無比地指向其中一個陣型，然後又指著旁邊那個。「這個應該是C？咦，不對，是D？不不不，好像是C沒錯……」

「是B。」伊萊面無表情地公布答案。他嘆息一聲，指尖沿著陣型比劃。「不是跟你說過嗎？A到D級之間的差異在於此處的符文不同，因為陣型會自行運轉，標示等級的符文將在這塊區域以畫圈的方式轉動——」

伊萊一長串的解釋聽得奈西頭都暈了，當兩人從圖書館走出來時，奈西整個人還搖搖晃晃的，像是被榨乾了。

「振作一點，你可是A級召喚師，還是前任魔王召喚師的獨子，得拿出像樣的成績來才行。」

「我、我知道……」烏德克並沒有要求他必須得到好成績，但奈西同意伊萊的話。只不過，這條路真是無比艱辛。

一路無話，在他們即將踏出校門，各自回家時，伊萊悶悶不樂地開口了。

「奈西。」

「嗯？」奈西回過頭，這才發現他的青梅竹馬不知何時停下了腳步。

伊萊盯著地面，眉頭微皺，似乎有什麼心事的樣子，雖然起了個頭，卻遲遲沒繼續說下去。

「怎麼了嗎？」他來到伊萊身前，伸出手指輕輕勾住伊萊的指尖，露出淡淡的笑容。「有問題就說吧，你不說的話我也不會知道的。」

相識多年，奈西深知這位摯友的彆扭個性，有時不主動出擊的話，伊萊是不會坦白的。歷經各種風波，他們對待彼此早已不再是當年冷戰時那般，而是親密無間。縱使因爲身分的關係，他們的交情常引來閒話，但他們並不在意。

能夠像現在這樣一起走下去，就是最好的事。

伊萊抬起頭，嚴肅地看著奈西。「你畢業後，會去當宮廷召喚師嗎？」

聞言，奈西愣住了。

這件事一直是個隱憂，然而至今奈西仍未仔細思考過。

烏德克曾告訴他，歷任魔王召喚師從學校畢業後都會入宮，成爲宮廷召喚師。無論他們的實力如何，魔王契文就是保送入宮的門票。

跟一般的宮廷召喚師不同的是，別人進宮是爲了邁向輝煌的未來，他們進宮卻是必須迎接死亡的命運。

尤其在這個僅差一步便能征服鄰國的關鍵時期，若奈西進宮，肯定不用多久就會成爲召喚魔王的祭品。

距離畢業還有幾年，不過奈西很清楚，自己的時間所剩不多了。國王只是看他還在念書的分上暫時放過他，否則掌控整個宮廷的國王如果眞的想逮人，他根本抵抗不了。

「……」

「抱歉，問了這種問題。」伊萊輕嘆一聲，反過來握住奈西的手，認眞地說：「我知道你肯定不想，雖然離畢業還早，但……我不希望你走。」

只要想到，幾年後可能會再也看不見這個能包容他的一切的溫暖笑顏，伊萊就覺得十分痛苦。

奈西沉默了下，最後堅決地回應：「我不會死的。既然已經走到這個地步，我絕不會坐以待斃。在畢業之前，我會找出辦法的。」

現在的生活相當和平幸福，然而，他的生命已經在倒數計時。

如果不能在畢業前找出解決的方法，他就會踏上父親的後塵，成爲下一個被犧牲的魔王召喚師。

回家後，奈西在臥房攤開魔導書，翻到其中一頁，上面繪有一名俊美的蒙眼男子，面帶奪人心魄的微笑。任誰看了，都會忍不住多瞧這位神祕而迷人的男子幾眼。

「魅惑之蛇」是男子的稱號，不過奈西覺得亞蒙的表現一直很正常，雖然的確會說些好聽的話，但不至於過度展現這份能力。

目前爲止，亞蒙被他召喚時唯一勾引過的人，是芬里爾家的一名女召喚師，這讓奈西意識到一件事——

輕浮的態度或許不是亞蒙的天性，而是一種武器。

對此，奈西不太能適應，因爲他的幻獸們個個心直口快，唯有亞蒙讓他感到一絲隔閡與神祕。即使已經認識一段時間，他還是很不了解這條蛇。

「召喚，魅惑之蛇亞蒙。」他的指尖放在亞蒙的契文上，一道召喚門浮現，蒙眼的男子輕盈地跳上來，優雅地行了個禮，彬彬有禮地開口：「魅惑之蛇亞蒙任您差遣。」

奈西哭笑不得地看著亞蒙。

「這個味道……噢，是小勇者嗎？」確認召喚師的身分後，亞蒙站直身子，嘴角勾起誘人的弧度。「抱歉，我忘了你不吃這套的。」

「其他召喚師會要求你這麼做？」

「不，但這麼做能給人家留下好印象。」

奈西有些不知所措，他從未遇過如此有召喚獸自覺的幻獸。

他的幻獸常讓他有主權不在自己身上的感覺，亞蒙卻恰恰相反，總是表現得言聽計從。奈西並不討厭這樣，可亞蒙過於服從的態度還是讓他略感不自在。

「我不會欺負亞蒙，也不會仗著自己是召喚師就頤指氣使，所以你不用這樣也沒關係哦。」他困擾地說。「在我面前，你可以做自己。」

亞蒙笑而不語，只是摸摸奈西的頭，彷彿在確認長相一般，冰冷的手指順著金髮往下撫摸，觸及奈西的臉龐，接著挑起下巴。

「身爲一個召喚師，與召喚獸建立起明確的主從關係是很重要的，如果不這麼做，哪天就會被吃掉也說不定呢。宮廷的召喚師都這麼說，所以我想你還是照做比較好哦。」

亞蒙的嘴角揚起一抹危險的微笑。

奈西愣在原地一會兒，最後輕聲嘆息。

「我希望以平等的立場與你相處，我們之間不需要有誰服從誰的關係。」他說明自己的想法。「身爲朋友，我想藉由相處慢慢了解你。」

說完，奈西朝亞蒙伸出手，露出一如既往帶點傻氣的笑容。「我都成功和凶猛的吃人龍成爲彼此信任的朋友了，一條會石化人的大蛇肯定也沒問題的。」

亞蒙遲疑了下，像是在打量奈西。縱使那對眼睛被遮住了，奈西還是能察覺隱藏在黑布條下的灼熱視線。

半晌，亞蒙也伸出手，放到了奈西的掌心上，見狀，奈西笑得燦爛無比。

似乎感受到了奈西雀躍的氣息，亞蒙帶著一絲無奈笑著開口：「所以呢？這次召喚我出來是爲了什麼？陪你扮家家酒聊天？」

他已經越來越習慣奈西沒有特別用意的召喚，滿足召喚師的需求一向是他擅長的事，所以無論奈西交付的任務再奇葩，亞蒙認爲自己都能很好地完成。

「這次有重要的事想問你。」奈西有些緊張地說。說實話，他也不知道這件事能否拜託亞蒙，他從未如此要求過。

「說吧，不管有什麼需求，我都會滿足你的。」亞蒙以充滿磁性的慵懶嗓音回應。

奈西深吸一口氣。「我需要你告訴我王族的事，尤其是他們的弱點。」

聞言，亞蒙陷入了沉默，令奈西不由得一陣心慌。

他明白，從幻獸身上打聽另一個家族的情報，實在不是什麼光采的行為，這就像要亞蒙背叛他過去效力的召喚師一樣。可是亞蒙是最佳的詢問對象，這條長年在宮廷打轉、又曾是公主的召喚獸的大蛇，肯定很清楚王族的一切。

奈西知道，妄圖抵抗整個宮廷的力量幾乎是痴人說夢，但他得試試任何可能的方法。

「如、如果這個問題讓你覺得很困擾的話，不、不回答也沒關係……」見亞蒙遲遲不說話，奈西慌張地表示。

「不。」亞蒙終於開口。他挑著眉，嘴角勾起耐人尋味的笑。「我可以告訴你，不過你爲何向我打聽這種事？終於打算消滅王族了嗎？」

「不、不是啦！」奈西的頭頓時搖得跟波浪鼓似的。「我、我只是想找出免於召喚魔王的方法，所以才這麼問你。因爲我眞的想不到有什麼辦法能讓宮廷放棄利用我……」

說著，奈西的臉色垮了下來，愁容滿面。距離拿下賽比西林只差一步，國王絕對不會輕易放過他。

「你想過爲何國王非要召喚魔王，奪取賽比西林嗎？」亞蒙問。

奈西搖搖頭。

「因爲他控制不了芬里爾家。」亞蒙語帶一絲興味，彷彿看好戲般。「攻下一個國家並非易事，如果要以現有兵力攻克賽比西林，勢必得用上芬里爾家的力量，但他不敢。若這麼做，芬里爾家肯定會成爲這場戰役的功臣，並因此有藉口瓜分賽比西林的統治權。所以，國王需要你，席爾尼斯家勢單力薄，在宮廷幾乎沒有影響力，最棒的是召喚完魔王就掛了，完全不會動搖貝卡家的地位。」

「……」

「所以，你明白國王爲什麼這麼中意你了吧？」亞蒙輕點一下奈西的鼻頭，光是想像著奈西此刻發青的臉色，他的嘴角弧度便不自覺地加深。

怎麼說呢？雖然欺負自家召喚師不應該，不過這種感覺還挺過癮的。

「你是他最棒的棋子，可以召喚實力不亞於龍王的幻獸，用完又即可拋棄。免洗式召喚師一向很受王族歡迎，缺點就是需要花時間培養。」

「……」

「當然，想讓國王打消利用你的念頭也是有辦法的。」

「什麼辦法？」奈西連忙出聲，迫切地看著亞蒙。在這般嚴峻的情況下，亞蒙即將提出的方法恐怕會是唯一的選項。

「你剛剛不是問我王族的弱點嗎？」亞蒙揚起一抹惡意的笑。「事實上，這在宮廷不算什麼祕密，已經越來越多人察覺了，只是沒有人敢針對這點去對付宮廷。奈西，你可以當第一個。」

「什麼弱點？」奈西十分緊張。既然沒人敢瞄準這點，那肯定是相當可怕、無人願意碰觸的人事物。

「這座王城裡存在著所有召喚師最大的敵人，也就是龍王莉芙希斯。」

「莉芙希斯？」奈西呆呆地複述這個名字，有關這名幻獸的記憶飛快浮現在腦海。

之前爲了營救烏德克，奈西曾以芬里爾家貴客的身分參加王子的生日宴，席間認識了這位充滿自信的王者。雖然對莉芙希斯的了解不深，只知道她似乎跟芬里爾家處得不錯，奈西仍對她頗有好感，因爲即便地位崇高，她依舊率性灑脫，還幫了伊娃一把。

「我想你應該不清楚這件事？當年收服了強大的龍王，成爲龍族主宰者的芬里爾家族，歷經千年後，遭逢了巨變。」亞蒙停頓了一下，才緩緩說道：「現在他們整個家族，都是龍王的奴僕。」

這個衝擊性的事實令奈西徹底傻住了。

他呆若木雞看著亞蒙，以爲這條蛇會笑著表示只是開個玩笑，然而亞蒙卻默默地回望他，等待他回應。

「不、不合理啊，如果他們是龍王的奴僕，那爲什麼霍格尼會……」奈西絞盡腦汁回想與芬里爾家接觸的經驗，但除了莉芙希斯以外，沒有任何實例讓他感覺到是龍在主宰這個家族。

「那是芬里爾家的策略，以防被外人看出破綻。爲了培養出意志強大的召喚師，芬里爾家持續灌輸後代一個觀念，唯有具備強悍的意志才能駕馭龍族。可是一旦踏入S級的大門，正式成爲龍王召喚師候選人，便會眞正明白……莉芙希斯是不可能駕馭的幻獸。」亞蒙淡淡地說。

「她是從大戰時期存活至今的幻獸，至少活了上千年，壽命短暫的人類想凌駕於她的意志根本是做夢。芬里爾家跟你們一樣，是依靠金色契文才能有如今的地位，因此爲了守住家族的榮耀，他們甘願成爲莉芙希斯的僕人。你應該知道，莉芙希斯是召喚協會的副會長，代表幻獸方，而芬里爾家成了她的強大助力。他們表面上是國王的下屬，事實上卻是遵照龍王的旨意在行動。」

「等、等等。」奈西覺得自己的腦袋快炸了，與原先認知完全相反的情況讓他無比混亂。「你剛才說，國王最大的敵人是龍王，這一點國王應該不可能沒察覺到吧？正是因爲察覺了，才會認爲莉芙希斯很棘手對不對？既然如此，他爲何不把芬里爾家趕出這個國家？」

亞蒙聳聳肩。

「這就是人類哦，奈西。」亞蒙慵懶地往旁邊一躺，整個人陷進沙發裡，手肘擱在扶手上撐著頭，姿態美得有如一幅畫。「芬里爾家無法捨棄龍王，所以成爲龍王的僕人。同樣的，國王也無法捨棄芬里爾家，所以繼續留著這個隨時可能反咬一口的隱患。芬里爾家的力量是神兵利器，把他們趕出去，要是被其他人所用了該怎麼辦？那不如留著對吧？至少還能監視動向。」

奈西沉默良久，最終只吐出一句感想：「政治怎麼這麼複雜……」

「不複雜就不是政治了。」亞蒙笑了。「所以你懂了嗎？芬里爾家是一顆好棋，如果運用得好，你就能避免被國王吃掉。」

奈西感覺亞蒙被蒙住的眼睛似乎正對他投以期待的目光。

「你或許覺得自己勢力單薄，只能像隻無助的羔羊一般，等著任人宰割，但如果這麼想，你就太看輕自己了。奈西，你們家雖然人丁稀少，卻也比普通召喚師強悍太多，因爲你們握有魔王契文。越是強大的種族，其BOSS契文就越稀有珍貴，放眼整個貝卡，只有芬里爾家的龍王契文能與你們匹敵。」

「可是我、我該怎麼做呢？」奈西苦惱地說。「和芬里爾家聯手嗎？」

「確實可以這麼做，跟龍王莉芙希斯合作，成爲他們的一員。」亞蒙說，在奈西一臉爲難的注視下，他又露出那賊賊的、彷彿等著看好戲的笑。「當然，還有一個做法……把芬里爾家趕走就沒問題了。」

「……」

「該採用哪個方法，你還有很多時間能思考。當然，不管怎麼做，我都會支持你的。」

話雖這麼說，奈西覺得亞蒙應該挺期待他能把芬里爾家趕出去的。即使身爲王族的幻獸，但比起支持王族，亞蒙顯然更想對他們落井下石。對此奈西並不意外，畢竟召喚師的立場從不代表幻獸的立場。

「等你決定好後再召喚我，我教你寫一封正式的拜會信函給芬里爾家。你已經成年，而且是貴族家的孩子，是時候教你上流社會的基本禮儀了。」

「……亞蒙。」

「嗯？」

「你其實是人類吧？」

聽見這番話，亞蒙的語氣多了一絲自豪：「我只是和莉芙希斯一樣，懂得如何配合人類的遊戲。」

奈西只能苦笑以對。亞蒙與他以往的幻獸夥伴都不同，雖然很好溝通，不過跟霍格尼一樣，是需要花時間彼此磨合的幻獸。他跟霍格尼一開始並沒有像現在相處得這麼好，畢竟一個是凶猛幻獸，一個是溫馴小綿羊，他們費了好一番工夫才培養出信任與默契，恐怕亞蒙也必須如此。

「奈西，你說過希望我能做自己，對吧？」忽然，亞蒙猶豫地開口。

奈西點點頭，這個問題令他有點期待，期待這代表亞蒙願意信任他了。

「那我可以要求一件事嗎？」

「什麼事？」

「我今天想早點回去。」亞蒙有些頭痛地擰了擰眉。「有隻鳥族幻獸闖入我們的神殿，叼走了即將孵化的蛋……我的族人已經盡全力阻止那隻鳥離開，仍是讓對方逃了。石化蛇繁衍困難，一顆蛋必須經過幾十年的時間才會成熟，如今好不容易快要孵化，卻出了這種事。」

「那不是很嚴重嗎！」奈西驚叫一聲，嚇得跳了起來。「你應該早點說的，我現在就送你回去！」

「我們幻獸已經習慣將幻獸界與人間界的事分開，被召喚時，不管原本正在做什麼，先擱到一旁就對了。不過這次的情況有點棘手，所以我才想，我還是早點回去幫忙比較好。」

奈西用力點點頭，他心念一動，地面立刻浮現一座召喚陣。亞蒙對他禮貌一笑，輕盈地跳進洞裡。

亞蒙離去後，奈西忍不住嘆了口氣。

他承認，作爲一隻召喚獸，亞蒙確實無可挑剔。這條蛇懂得察言觀色，聽話又能幹，態度優雅從容，十分可靠，然而正是因爲太過完美，反倒讓奈西感到微妙。亞蒙不像他的朋友，而像是一個聰明狡獪的僕人。

他只希望，亞蒙能把他所說的話聽進去，畢竟聯繫著他們的不該是契文，而是羈絆。

夜幕低垂，白霧瀰漫整個王城的西區，使得原本已經很陰森的席爾尼斯宅邸更添一絲詭異。

一輛由骷髏駕駛的幽靈馬車停在空蕩蕩的街道上，馬車旁站著一名黑袍召喚師，他正擔憂地望著眼前那名年輕的金髮召喚師。

「你一個人眞的沒問題嗎？」雖然知道自家姪子已經成爲A級召喚師，但看著奈西單純的模樣，烏德克仍止不住地憂心。

「我沒問題的，而且我不是一個人呀。」見烏德克又習慣性地杞人憂天，奈西無奈地一笑。有時他會為此不太好意思，不過烏德克的關心使他心裡暖暖的。「諾爾跟伊娃還有霍格尼都在家，很安全的。」

聞言，烏德克緊皺的眉頭鬆開了些。他看向庭院裡四腳蜷縮在身下、瞇著眼打瞌睡的大山羊，以及安心靠著大山羊、一邊哼歌一邊在筆記本上塗塗寫寫的蝴蝶妖精，奈西從水都帶回來的紅龍也在不遠處睡覺。

雖然魔族召喚師養龍不太合理，但得知奈西與霍格尼之間的故事後，烏德克倒是對這隻龍挺有好感。

霍格尼救了奈西，在水都時也一直守在奈西身邊，而且這隻龍足夠嚇人，自從席爾尼斯家會在晚上放吃人龍守夜的消息傳開後，便幾乎沒有小偷敢來了。

「你放心去值班吧，我會好好看家的。」

由於學校藏有許多珍貴的召喚資產，也有不少學生住在校方提供的宿舍，所以夜晚老師們會輪流值班，巡守校園。以前奈西被霍格尼追殺時，就剛好遇到烏德克值班，也因此被救了一命。

「烏德克很厲害，所以快點去吧。說不定也有其他面臨危險的學生跟當年的我一樣，等著你去拯救呢。」說著，奈西燦爛地笑了。

雖然他和烏德克之間的緣分很早就結下，但是因為那次危機，他們才逐漸有了交集。

見到這個笑容，烏德克頓時更不想離開了。

萬一王族趁他不在家把奈西綁走，那就糟了。該死的宮廷召喚師曾在十八年前看準烏利爾不在的機會，抓走了娜羅莎，他很擔心悲劇重演。

「你放一百二十個心吧，你姪子不是什麼簡單角色，他可以一個人帶隊殺進宮廷救你出來，還怕別人來抓嗎？」在馬車上等候多時的艾斯提忍不住開口。

「……」

「嗯，我不會有事的。」奈西瞄了一眼自家的幻獸們。「我跟諾爾他們都有覺悟，既然要以魔王召喚師的身分活下去，就得拿出相應的實力，才能保護自己。」

如此乖巧懂事的態度讓烏德克有點心疼，又十分欣慰。

年輕時，他對這個世界充滿了怨憤；成人後又活在悔恨之中，不斷想起烏利爾召喚魔王的那天，自己什麼也沒能挽回的事實。他覺得自己很令人失望，也討厭這樣的自己。

可是奈西像是爲了給予他救贖一般，出現在他身邊。縱使知道他不堪回首的過去，每當他望進奈西的眼底時，仍總是能從這孩子的眼神感受到滿溢的崇拜與敬愛。

這份純粹的情感宛若最甜美的蜜，使他嚐到了幸福的滋味。

無論他怎麼看待自己，這世上永遠都有一個人喜歡這樣的他、渴求著他的關懷。這種被需要、被崇敬的滿足撫慰了他憂鬱的心，讓他對人生重燃希望。

現在，他只求這得來不易的幸福別被召喚魔王一事破壞。

「那就交給你了，有什麼事可以派克羅安通知我。」他摸摸奈西的頭，奈西溫順地點點頭，笑得眼睛都瞇起來，顯然對於能夠守護這個家感到十分自豪。

「如果你會寂寞，可以邀請同學來住一晚，當然——」

不等烏德克說完，奈西立刻雙眼放光，興奮地問：「真的嗎？那我可以邀請伊萊——」

「……」

烏德克那彷彿看到艾斯提做的晚餐的表情，讓奈西硬生生吞回後面的話，乾笑幾聲，連忙改口：「我、我再看看好了。」

「我希望你找個『普通』一點的同學。」烏德克表情嚴肅，認真想著該拿這個跟寶貝姪子太過要好的芬里爾小子怎麼辦。

「……如果發展到那一步，我是絕對不會允許的。」

「什、什麼？」

烏德克沒有回答，只是俯身在奈西額上落下一個輕柔的晚安吻。「我先走了，記得早點睡，晚安了。」

「嗯，晚安。」這招非常有效，奈西微笑著目送烏德克離去。在馬車駛遠後，他返回前院，一眼便瞧見霍格尼。

龍形的霍格尼睡在相當醒目的地方，整隻盤踞在席爾尼斯宅邸的屋頂上，尾巴從屋簷垂了下來。奈西以爲傾斜的屋頂應該不太好睡，但霍格尼看起來睡得挺香。

「他最近，習慣睡在，高處。」剛好睜開眼看見這一幕的諾爾隨口說。

「咦？爲什麼？」

「艾爾狄亞的山上有很多，陡峭山壁。他現在，定居在高山上。」

奈西在伊娃身旁坐了下來，他往後一靠，眞心覺得山羊靠墊相當舒服。

冬天的時候，他喜歡把自己埋進諾爾胸前的白毛裡，讓白毛裹住整個身子；沒那麼冷的時候，他依舊喜歡靠在諾爾身上，感受柔順的羊毛貼著肌膚的觸感。伊娃同樣喜愛這麼做，諾爾的頭頂是她的特等席，平時她也常把諾爾當成靠墊。

見伊娃愉快地書寫著，奈西放心不少。當初伊娃第一次進入席爾尼斯宅邸時，被毫無生氣的荒涼環境弄得有些虛弱，於是奈西搬進來後，便大幅改造了庭院。

乾燥龜裂的土壤完全不是問題，這裡住著兩個不缺魔力的召喚師，一口氣召喚許多幻獸是他們的拿手好戲。在兩人毫無顧忌地召喚出大量妖精、地精等能夠幫助恢復生機的幻獸後，這個家的庭院總算不再像以前那般荒蕪了。雖然離奈西心中的完美樣貌還很遙遠，不過至少已經不會讓伊娃感到不適。

此刻他們坐在柔軟的草地上，夜晚的微風帶來一絲舒適的涼意，打算過一會便就寢的奈西身穿寬鬆的睡衣，披著黑色家居外袍，安穩地靠著諾爾。

「妳在寫什麼？」他好奇地看向伊娃的筆記本，上面有幾排相同的文字。

「姆姆……伊娃在學人類的語言。雖然知道怎麼講，可是伊娃不太會寫。」

「這樣呀。」奈西不禁微笑。「因爲伊娃化爲人形的時間不長，還來不及學習呢。有沒有我能幫忙的地方？」

少女發出銀鈴般悅耳的笑聲，往旁邊挪了一點，整個人貼著奈西。奈西稍稍一僵，隨後放鬆下來。

至今他仍不擅長和異性相處，只有伊娃是例外。不管伊娃變成什麼樣子，對奈西來說，伊娃就是伊娃。

接過筆記本，奈西開始寫字，伊娃則認眞地觀摩。難得的三人悠閒時光使奈西感到相當幸福，彷彿重回以前那段單純的日子，他待在舊家的小後院寫作業，諾爾與伊娃陪伴在左右。有時他寫著寫著睡著了，諾爾總是會把他抱到床上，爲他蓋好被子。

現在的生活跟過去大不相同，不過他依然被幻獸們溫柔地守護著，只要有他們一直陪在身旁，奈西相信自己可以克服一切困難。

「呵呵呵……」一陣尖銳的笑聲冷不防破壞了溫馨寧靜的氣氛，突兀地闖入。

這道尖笑有如最深沉的噩夢，撞進奈西的耳裡。他心底一寒，筆記本落到了地上。「這、這個聲音……」

諾爾猛然睜開雙眼，站了起來，用龐大的身軀擋住奈西。

「妳來這裡，做什麼？」諾爾發出低沉的嘶吼，話音中充滿壓抑的怒意。

奈西嚇了一跳，他從未聽過諾爾以如此恐怖的語氣說話，這代表來者肯定是他們厭惡至極的那個人。

「幹麼這麼驚訝？我的出現不是遲早的事嗎？」不速之客輕笑，奈西戰戰兢兢地移動腳步，從諾爾身後探出頭，果然看見那個誰也不想碰上的召喚師——艾琳娜。

她穿著一襲綠袍，內搭貼身的黑色長裙，腳踩高跟鞋，一頭銀髮在月光的照耀下散發出柔和光芒。即使許久不見，這名邪惡的女子依舊渾身散發駭人的美麗，彷彿一朵能致人於死地的多刺薔薇。

她的背後佇立著一隻四腳著地的西方龍，那隻龍就像拉馬車的馬匹一般，被戴上了黑色眼罩。

「不准妳再靠近奈西西一步！」伊娃渾身染上鮮豔的紅，站在諾爾身邊跟著狠瞪艾琳娜。

奈西極度恐慌的情緒化爲意志傳達給幻獸們，令霍格尼也甦醒了。

「是妳！妳她媽來這裡做什麼！」霍格尼雙目圓睜，立刻拍著翅膀衝了下來。

「妳可真是膽大包天，居然敢隻身闖入別人的地盤，準備好受死了嗎？」霍格尼威嚇地低吼，露出了尖牙。

「區區一個A級召喚師有什麼好怕的？」艾琳娜嘲弄地呵呵笑著。「雖然協會不讓我參加檢定，但現在的我毫無疑問能召喚S級。只要我召喚一隻S級出來，你們根本不是對手。」

聞言，奈西臉色發白，不自覺地顫抖起來。

他知道自己的幻獸們很強大，之前在宮廷也順利完成救援任務，可是之所以能成功，也是因爲敵方不清楚他們的底細，錯失了逐一擊破的機會。現在面對一個S級召喚師，如果眞要開戰，他恐怕在劫難逃。

「本來我是打算一回到這裡就先殺了你的。」艾琳娜直直望進奈西眼底。「不過意外的是，你居然成了魔王召喚師，這下計畫有了變數。」

「我呢……最希望的就是擁有龍王，並把所有人踩在腳下。我的族人個個都是懦夫，明明有實力推翻王族，卻遲遲不動手，根本全是廢物。他們因爲制服不了龍王，所以一切都聽她的，但我可不一樣。」

「我會收服她，改寫歷史。只要能動用龍王的力量，拿下整個貝卡並非不可能。」說到這裡，她勾起嘴角指向奈西。「當然，要是有你的魔王就更好了。你的魔王能把整個世界改造成理想的烏托邦，被洗腦的眾人將只知道何謂服從。當年水都的歸順也是這樣來的，不是嗎？」

「才不一樣，爸爸跟魔王是為了保護水都才這麼做的，像妳這種懷著惡意使用力量的人，沒資格跟他們相提並論。」奈西努力拋開恐懼，以鎮定的態度回應這番嘲諷。

他是個勇者，守護席爾尼斯家不再只是烏德克的責任，他也必須堅守這個家僅存的尊嚴。

「反正落到我手上的下場都一樣。聽好了，很快，我將成為千年後第一個成功掌控龍王的召喚師，到時候，我第一個要做的就是毀了你們家！」她的目光移向諾爾，雙眼布滿血絲，語帶恨意提高聲音。「當然，我的首要目標是你。要不是因為你，我早就摧毀了霍格尼，成為協會認定的S級召喚師。你這傢伙壞了我所有的計畫，居然敢將我的幻獸交給這孩子！看樣子上次的教訓還不夠是嗎？那麼我就讓你嘗嘗何謂真正的絕望！我要殺死這孩子的所有幻獸，逼他召喚出魔王！而你，我會讓你活下來見證這一切，讓你在絕望中失去抵抗的意志！」

「如果妳做得到，就試試看。」諾爾的語氣冰冷得彷彿能將整個空間凍結。

地面不知何時被黑霧所覆蓋，奈西的膝蓋以下隱沒在霧氣中。他知道諾爾偶爾會不自覺製造黑霧，不過此刻的情況顯然跟平時不同。

諾爾已經徹底魔族化，黑色身軀如黑影般虛幻，且變得更加高壯，看起來異常駭人。他的雙眼散發妖異的綠光，在黑暗中彷彿兩簇詭譎的燭火，一聲咆哮響起，整座席爾尼斯宅邸被黑霧籠罩，所有人的身影變得模糊。

「諾、諾爾……」

「這裡不是，妳該來的地方。」諾爾的聲音嘶啞，猶如來自地獄深處一般，在四面八方響起。「給我，滾出去。」

奈西錯愕地望著諾爾的背影，他從不知道諾爾可以如此恐怖，也是第一次看見諾爾這麼憤怒。當他呆立著不知所措時，一隻纖細的手牽住他，把他帶開。

「奈西西快走。」伊娃悄聲在他耳邊說。「羊羊諾爾在製造機會讓你離開。」

「可、可是……」

伊娃深知奈西的個性，所以她露出微笑，祭出一個他無法拒絕的理由：「奈西西是召喚師，必須平平安安的，才能應付接下來的情況，不是嗎？」

奈西沉默了幾秒，最後艱難地點點頭，在諾爾的黑霧掩護下離去。他沒有走得太遠，進屋後，他立刻衝到窗戶前想一探究竟，可惜黑霧充斥了整座庭院，他只能透過契文感應諾爾他們的狀況。

庭院裡剩下兩名戰鬥系幻獸與一名S級召喚師，氣氛十分緊繃。

「區區一個A級還敢虛張聲勢？你以為我會怕你嗎？」艾琳娜輕蔑地瞧著諾

爾。

「只有他的話，妳確實不用怕，不過別忘了還有我。」一道低沉的聲音響起，巨大的紅龍神不知鬼不覺繞到了艾琳娜背後，露出利牙。「敢在夜晚挑戰魔族召喚師，很有膽量嘛。在黑暗中妳能做什麼？」

「這點小伎倆，隨便一隻天眼龍就能破解。」艾琳娜不屑地說。

聞言，紅龍發出宏亮的笑聲。「妳以爲那個種族是妳能控制的？我被迫待在妳身邊這麼久，可沒看過哪個蠢蛋芬里爾敢召喚天眼龍……哦對，除了妳那個奉獻自己的靈魂給天眼龍的老爸。」

「廢物才需要與龍交易。」艾琳娜哼了一聲，神色冷酷。「父親沒能得到龍王，代表他的實力也不過如此而已，但我不一樣。我擁有絕對的意志，我的意志比誰都要堅定。」

她毫不畏懼地注視諾爾，嘴角勾起一絲冷笑。「才經過一年，你倒是變強不少哪。要不要再試試看，你和我究竟誰的意志強？雖然當年的你不到六小時就撐不住了，現在八成也強不到哪去。」

此番言語攻擊相當有效，諾爾的身影在黑霧中搖曳，顯得更加妖異可怕，他猛力一踏，地面被踩得陷落一大塊。

但在他準備開口時，霍格尼率先發話了：「別中了這女人的挑撥之計，不管你會不會被控制，光是看到你又被她召喚，那小鬼就會哭死了。」

這句話成功阻止了諾爾，黑霧中的身影縮小幾分，雖然依舊令人不寒而慄，不過諾爾重新恢復了冷靜。

這次無論發生什麼事，他都必須保護好奈西，不能再讓自己的主人心碎。身爲奈西魔導書中所有幻獸的領導者，他現在該做的是趕走這個危險的女人。

此時，奈西的意志透過契文清晰地傳達過來，諾爾跟同樣接收到訊息的霍格尼對視一眼，一起點了點頭。

「這個領地，妳沒資格進入，我們也不會在這與妳開戰。」諾爾語氣冰冷。

「滾吧。」

話音落下，緊接著，霍格尼仰天發出響亮的恐懼之吼。縱使席爾尼斯宅邸附近幾乎沒有住戶，然而在夜深人靜之際這麼一吼，足以驚醒大半的王城居民了，當然也包括二十四小時巡邏的王城守備隊。

「聰明。」艾琳娜哼笑了聲，跳上她的龍。「這次很明智地先搬救兵了啊。那個小召喚師都沒吭聲，大概早被你們藏起來了吧？很保護他嘛。」

「潛藏於黑暗中，是魔族召喚師的，本事。」

「無所謂，反正等我收服莉芙希斯後，你們在她面前都不過是一群螻蟻。」語畢，艾琳娜騎著龍飛上天空，再扔下一句：「我下一次出現就是你們的死期了，看你們能掙扎到什麼時候。」

陣陣吼聲從黑霧之外傳來，是王城守備隊所召喚的幻獸。確定艾琳娜已經離開勢力範圍，諾爾才讓黑霧逐漸散去，以便守備隊接近。

自從上次大亂宮廷後，王城的人都不太敢踏進諾爾的黑霧裡，無論是誰，忽然身陷伸手不見五指的黑暗都會感到恐懼，即使是S級召喚師也一樣。

在屋內的奈西透過契文隱隱感受到諾爾放鬆的心情，於是連忙奔出大門，可是深夜再加上黑霧尚未完全散盡，使他徹底迷失了方向。

「諾爾？霍格尼？你們在哪？」他有些緊張地低喊。

剛剛他命令霍格尼利用恐懼之吼引來援軍，看樣子作戰成功了。雖然已有幾分實力，但奈西仍不想與艾琳娜開戰，一來她是過於強大的S級召喚師，二來他必須保護席爾尼斯宅邸。

成爲魔族召喚師後，他從烏德克那裡學到許多魔族召喚師的戰鬥訣竅。魔族最大的優勢便是神出鬼沒與棘手的能力，若遭遇破壞力強大的敵人，他們不見得會正面迎戰，大鬧宮廷那次便是個典型的實例。

身處黑霧之中，奈西卻並不害怕。他向前走了一會兒，終於在不遠處看見他的黑羊。

不知是怎麼回事，雖然危機解除了，諾爾依舊維持著妖異的模樣。奈西是第一次面對這樣的諾爾，以往諾爾在他面前都是一副人畜無害的乖巧樣。

當年初次見到幻獸形態的諾爾時，他覺得很可怕，甚至一度被嚇哭，還暈了過去，可如今他發自內心認為大山羊毛茸茸的，相當親切可愛。但此刻這副樣子，再怎樣也無法跟可愛劃上等號了。

魔族化的諾爾就像一團外圍帶著白光的黑色火焰，只能勉強看出山羊的外形。他孤高地佇立在黑夜中，雙眼燃著詭譎的綠光，靜靜站在原地盯著奈西，身周伴隨著薄薄黑霧。

奈西一步步前進，停在這隻令人恐懼的黑羊身前，仰頭與之對視。

魔族化的諾爾比原本的獸形還要恐怖十倍，這副模樣，無論是誰都無法不害怕，光是走在街上都會引起眾人的恐慌。

然而，在諾爾的注視之下，奈西伸出雙手，往前一步抱住他，把自己埋進柔軟的白毛裡，滿足地嘆息一聲。

黑霧完全消散，皎潔的月光重新灑落在整座庭院。諾爾溫馴地任憑奈西抱了一會兒，而後化為人形，溫柔地把奈西擁進懷中，少年軟軟地靠著，放鬆得有如裹著棉被準備入睡。

「沒事就好，幸好這裡是王城，找援軍很容易。」傾聽著諾爾的心跳，奈西放心了。無論諾爾變成什麼樣子，對奈西來說，諾爾永遠都是諾爾，只要諾爾能好好活著，對他而言就是最幸福的事。

待在附近的霍格尼也鬆懈下來，龐然身軀趴到了草地上。不過對於方才的意外，他仍是有些介懷。

「那女人真打算挑戰那條母龍？瘋了不成？」他望著遠方低聲喃喃。

自從艾琳娜踏入S級後，霍格尼便比較少被召喚了。他偶爾會從艾琳娜口中得知她有多喜歡那些S級龍族的實力，並且抱怨他太弱。（當然，這件事霍格尼絕不會說出去）

他猜想，大概是艾琳娜接觸到S級的力量後，更加深了得到龍王的欲望。

「龍王會被她控制嗎？該不該先去警告芬里爾家？」奈西從諾爾懷裡探出頭，有些擔憂地問。

「幹麼警告？那是他們的家務事，讓他們自己處理。」霍格尼沒好氣地駁回。

「呃，可是如果他們沒處理好，我們家就要被滅了……」

「……」

「莉芙姊姊不會被控制的。」伊娃飛了過來，很自然地坐到霍格尼的背上。

「姊姊很強。」

「誰准妳坐我背上？去去去。」霍格尼伸出尾巴在伊娃身旁揮了揮，趕蒼蠅似的。

「要不是羊羊諾爾現在是人形，伊娃才不想坐你身上呢。」伊娃哼了一聲，不屑地別開臉。「敢欺負伊娃，小心伊娃跟奈西西告狀。」

「好啊，妳告狀啊，老子怕那小鬼不成？」

「你們別吵了……」人就站在旁邊的奈西無奈地制止。

不久，王城守備隊抵達了，一見到紅龍，守備隊眾人紛紛拿武器的拿武器、召喚的召喚，如臨大敵。

「哈！看什麼看？老子很溫馴的。」霍格尼大言不慚地說。自從跟諾爾混熟後，他越來越喜歡這個用詞，並且特別喜歡欣賞當他講出這句話時對方的表情。

「那、那個，不是我家的龍失控，是有個失控的召喚師闖入我家。」奈西緊張地澄清。由於在半夜搞出這麼大的動靜，他鉅細靡遺地交代稍早的情況，避免遭受誤會。想到剛剛那驚險的場面，他仍心有餘悸。

聽完解釋，守備隊隊長並未責備奈西。

雖然身為實力堅強的魔王召喚師，奈西終究是個孩子，在提及艾琳娜時，他的臉色十分蒼白，顯然嚇壞了，他們不想為難一個還穿著睡衣、驚魂未定緊挨在自家山羊身側的孩子。

當然，他們也不會讓意外再度發生，魔王召喚師可是珍貴的戰略資源，要是被其他人搶先利用就糟了。

於是，守備隊隊長決定派人駐守在席爾尼斯宅邸門口，奈西因此放心許多。他留下霍格尼在庭院守門，本想帶著伊娃跟諾爾回屋裡休息，但伊娃表示要跟霍格尼一起留守門口。

「霍格尼尼太嚇人了，等等萬一把守備隊嚇跑了怎麼辦？伊娃身為奈西西的使魔，有義務幫忙管教奈西西的幻獸。」伊娃認真地說。大概是近來常和艾斯提交流，耳濡目染之下，使伊娃對使魔的責任產生了微妙的誤解。

奈西覺得伊娃待在外面太危險，還是想讓她跟著回宅邸，可是一聽到伊娃願意留下來，守備隊眾人無不露出彷彿看見希望的神情。畢竟跟一條吃人龍共處實在壓力山大，如果能有個漂亮又能幹的女孩子來協助，那是再好不過。

「好吧……你們不要吵架哦。」臨走前，奈西不忘叮囑，雖然有霍格尼在，其實他不需要太擔心。

在奈西重新擁有魔導書後，起初霍格尼跟原有的幻獸們處得不太愉快，隨著時間過去才終於逐漸融入，包括特別看他不順眼的伊娃也慢慢改變了態度。即使依舊常和霍格尼唱反調，不過奈西感覺得出來，伊娃已經不再排斥這條紅龍。

「這裡才不需要妳，妳跟那小鬼一起滾回去洗洗睡吧。」無奈的是，雙方之間的鬥嘴並未因此消停，無論是伊娃還是霍格尼，都很喜歡朝對方開砲。

「你才該滾，霍格尼尼只會幫倒忙，把事情弄得更糟，例如不小心把那些人吃掉。」伊娃不甘示弱地回擊。聞言，留下來的守備隊成員個個嚇出一身冷汗。

「呸呸呸，妳以為我愛吃啊？這些傢伙一看就知道沒什麼好吃的，還不如那個小鬼——」

「……」奈西決定裝作什麼都沒聽到，總之看樣子是沒什麼問題了。

「那女人如果敢再來，你們知道該怎麼做。」諾爾開口，他的聲音雖平靜，卻透著一絲陰冷。接收到諾爾的目光，霍格尼跟伊娃都認真地點點頭。

諾爾也朝他們頷首，他一隻手輕輕攬過奈西的肩頭，兩人一同回到了宅邸。

走在諾爾身旁，奈西不自覺地瞄向自家山羊。

相識多年，奈西已經對諾爾的性子相當了解，他知道這隻山羊喜歡使壞耍白目，也知道諾爾有冰冷的一面，但在他面前，諾爾總是裝出無辜小羔羊的模樣，垂著耳朵撒嬌示好，很少展現出冷酷的姿態，看樣子這次諾爾真的氣壞了。

「……諾爾。」想到諾爾面對艾琳娜時冰寒的語調，還有方才宛若魔王的氣勢，奈西忽然明白了什麼。「去宮廷救烏德克那時，你們不是抓了奪走妖精女王契文的召喚師嗎？」

他還記得那個為了金色契文而出賣席爾尼斯家，害死他父母的殺人兇手。對於此人，他自然是怨懟的，可是從宮廷回來後便再也沒見過這個人。他想不明白，也不敢多想，不過如今他認為自己該得到答案了。

「你們殺了他，對吧？」

詭異的沉默蔓延，在奈西以爲爲諾爾的反應幾乎等同於默認時，諾爾悶悶不樂地開口了。

「沒有，本來想這麼做，但你叔叔爲了你，收手了。」

「烏德克？」奈西愣愣地看著諾爾。「什麼意思？你們原本眞的打算把人給殺掉？」

諾爾只覺難以解釋，而且他也不太想讓奈西知道眞相，但都到這個地步了，似乎只有老實交代的份。

那天勒格安斯把人綁回來後，烏德克便吩咐無頭爵士將人關在地下室，然後帶著艾斯提跟諾爾來到那名宮廷召喚師面前。

由於奈西不在場，他們並不打算客氣，包括烏德克的想法也是如此。他本來就只重視身邊的人，對於與他無關的一切向來不在乎，更別提仇人。

他們很快逼問出當年的來龍去脈，然而對方遲遲不肯交出所有的妖精女王契文，一直說自己已經把該拿出來的都拿出來了。沒有人相信這番鬼話，因爲這麼珍貴的金色契文不可能沒留有複本。

爲了讓這傢伙老實點，諾爾誠懇地說了：「如果你把，契文統統交出來，我的召喚師就，放過你。」

這下宮廷召喚師心動了，被這群陰森的牛鬼蛇神逼供這麼久，他還以為自己不可能有活路，諾爾的話令他頓時燃起了希望。

「我以我的契文發誓，此言不假。」諾爾認真地保證。「只要你肯配合，我的召喚師可以，將過去一筆勾銷，就此放你走。」

「他說的是真的，我也以我的契文發誓。」艾斯提拿著鞭子，雙手環抱在胸前，顯得一派輕鬆。

「對呀對呀，我以我家魔王發誓啦，勇者的品行大家都知道，那個啥，歷史書上不是都說他們充滿仁義與氣度嗎？」勒格安斯歡樂地幫腔，一根觸手牢牢纏住召喚師的身軀，其他漆黑的觸手則在陰暗的地下室內不斷扭動。「反正你也只剩下這條路啦，不配合就得繼續待在這，配合的話還有一線生機。」

烏德克則沉默不語，面無表情的模樣讓人讀不出他的想法。

在魔族們的勸誘下，宮廷召喚師一時鬼迷心竅，終於點頭屈服。待在這壓力實在太大，當魔族召喚師想使人打從心底恐懼時，連S級召喚師也很難招架。

他供出所有妖精女王契文複本的收藏位置，烏德克揮揮手讓勒格安斯和艾斯提前去回收。這個任務對神出鬼沒的影子幻獸來說完全不是問題，不一會兒勒格安斯就回來了。

烏德克翻了翻無頭爵士交付的一疊契文，臉上帶著絕不會在奈西面前展露的冷漠神色，詢問旁邊的艾斯提：「如何？」

「我連他床板夾縫裡的小黃書都搜出來了，看樣子就這些。」艾斯提笑吟吟地說。

烏德克點點頭，將這疊契文交給諾爾。

「不用留了，殺了他。」

「你！」宮廷召喚師驚恐地瞪大雙眼。「你……你們明明說——去你媽的勇者！竟敢騙我！」

「沒騙你，我的召喚師確實會放過你。」諾爾無辜地說。「但我的召喚師，不是他。」

「齷齪無恥的魔族！」

事到如今，宮廷召喚師也明白是怎麼回事了。他太心急，以致沒有仔細思考諾爾的話，見烏德克帶著諾爾出現，就下意識認爲諾爾是烏德克的幻獸。

「混帳勇者！跟魔族混了千年也變得齷齪了是吧！擁有金色契文的你們哪懂我們這種人的感受！無論怎麼努力，只要沒有獨特的幻獸，隨時都會被取代！」

烏德克漠然瞥了他一眼，淡淡扔下一段話：「如果你覺得金色契文這麼好，成爲魔王召喚師如何？」

這句話頓時堵住了宮廷召喚師的嘴。

「如果你不想，就閉嘴。」

烏德克走上前，仰頭注視被觸手緊緊纏住懸在空中，臉色發白的宮廷召喚師。面對害他失去家人的元兇，他的神情只有冷漠，連憤怒也不屑。

「考你一個基本的歷史題，第一任勇者爲何殺了魔王？」

突如其來的提問讓對方呆滯了一會兒，才以乾澀的聲音回答：「他的家鄉被魔族毀滅，爲了復仇，他帶兵殺了魔王。」

「那你又爲何認爲我不會殺了你？」

「……」

「烏德克。」艾斯提走到烏德克身邊，拍了拍他的肩。「我明白你的心情，確實殺了他比較省事，但……我不認爲這是個好主意。」

烏德克望向艾斯提，等待著解釋。

「闖入宮廷一事是奈西所策劃的，這幾天宮廷中相當混亂，肯定還沒注意到這傢伙失蹤了，但時間一久總會發現的。到時候，王族肯定會把宮廷召喚師失蹤的這筆帳怪到奈西頭上，甚至有可能指控奈西殺人。」

聞言，烏德克的臉色難看起來，立即制止勒格安斯玩弄獵物的舉動。他壓根不想就此放過對方，可是一想到這麼做可能會毀了奈西的未來，烏德克便不得不妥協。

「不要緊的，這一次你可不是孤軍奮戰。」艾斯提笑笑地說，像是早有準備似的，他的手伸入胸口，從肋骨處掏出一個木盒。「對於如何讓人活得痛苦，我們魔族向來很有心得。」

他空洞的眼窩鎖定宮廷召喚師，語氣雖然輕鬆，卻冷酷得令人發寒。「你的仇人就是我的仇人，復仇的事由我來，你只要靜靜品嘗復仇的快感就好。」

「所以……艾斯提對那人做了什麼?」奈西喃喃地問。

「他餵宮廷召喚師吃了深淵毒草。」諾爾說。「那毒草藥性，十分可怕。若不定時吃，身體就會猶如被，萬蟻啃咬。但持續服用，他的魔力量，會逐漸減少，直到再也召喚不出幻獸。」

奈西愣愣地看著諾爾，一時無法言語。

「毒草在深淵，還算常見。只要他召喚魔族，就可收購。」話雖這麼說，不過艾斯提肯定會把這傢伙幹的好事傳得獸盡皆知，要收購想必不容易。如此一來，對方也會更加不敢冒著得罪魔族的風險，試圖對奈西不利。

他早就知道艾斯提是個惡劣的人，看準了對方對名譽與實力特別在乎，才刻意採取這種方法。諾爾可以預見，那個宮廷召喚師在魔力消失殆盡之前，就會先被藥草折磨到崩潰發瘋。

對此諾爾並不意外，幻獸裡有喜歡一口咬死獵物的，也有喜歡玩弄獵物的，艾斯提屬於後者。基本上幻獸多半沒什麼同情心，那名召喚師又傷害了艾斯提最重要的人，注定不得善終。

「後來就，放人回去了，好手好腳的，別擔心。」

「……」

「別跟烏德克說，你知道這件事。」

諾爾之所以如此提醒，是因爲烏德克肯定不想讓奈西發現這一面，畢竟在奈西面前，他一直都是個溫柔可靠的長輩。

「放心，我不會怪你們的。那個召喚師最虧欠的人是烏德克，烏德克有權決定該怎麼處置。」奈西盯著前方低聲說。

無論是提議折磨人並負責實行的艾斯提，還是默許艾斯提這麼做的烏德克，他們的行爲都相當殘忍，這是他平時不會接觸到的一面。

「烏德克是個怎樣的人……我大概知道的。」他從烏利爾口中了解了烏德克的過去，後來也得知了烏德克對他置之不理的眞相，他很清楚烏德克不是完人，也正因爲清楚，他才會如此敬愛烏德克。

「我叔叔不是傳說中高不可攀的勇者，只是一個會犯錯、會偏心、會把姪子丟在鎮上讓幻獸隨便養，而且常常忘記把東西收在哪，還天天遭遇不幸，儘管如此仍陪在我身邊，溫柔待我、關心我的普通勇者。不管別人怎麼說，不管他做過什麼事，我都愛他，因爲我懂得他的好。」說到這裡，奈西對諾爾微微笑了。「就和諾爾一樣，不管你變成什麼樣子，在我面前展現出什麼模樣都沒關係，諾爾就是諾爾。」

聽了這番話，諾爾終於放下心，他們重新邁開腳步前進。

此時正值深夜，寬廣的宅內只點了幾盞燈，其他地方都隱沒於黑暗。當奈西踏上階梯時，諾爾牽住了他的手，以防他在黑暗中跌跤。

奈西明白，諾爾和烏德克對他的好都不會是虛假的。既然他們想隱瞞自己陰暗的那面，他又何必去揭穿呢？

不過奈西也不願再回到懵懂無知的日子，他是魔王召喚師，自從踏上這條路後，他便已有心理準備。只要背負著魔王契文，就不可能不與人發生衝突。

返回房間，奈西站在床前，諾爾很自然地幫他理了理被風吹亂的髮絲，讓他覺得相當幸福。

和諾爾在一起，他總是無比放鬆，也十分安心。即使已經成年，他偶爾仍會對諾爾流露出軟弱，或者像個孩子般撒嬌，因爲他知道諾爾不會介意。

諾爾就好像能包容他的一切，始終陪伴著他，給予他力量。

所以，爲了讓諾爾一直留在身邊，他很努力地在學習。越是強大的幻獸，召喚師也必須越強大，才能給予保護。

他能夠有今天，都是因爲諾爾。

「謝謝你活著，諾爾。」在安靜無聲的臥房內，奈西開口了。

諾爾凝視著奈西，這個他陪伴了四年的少年，在他的注視下露出溫暖的笑靨。

「啊，忽然這麼說很奇怪對吧？」奈西有些不好意思。「可是，這、這句話就是我現在的想法。」

奈西看著諾爾，眸中滿是喜悅之情。「因爲你活著，我才能召喚到你。因爲你在艾琳娜的殘酷意志中活了下來，我才能再度擁有你。而今天你也順從我的意志選擇避戰，躲過這次危機，如今才能平安待在這。我無法想像你不在的未來……你能夠像這樣平安地站在我面前，眞是太好了。」

那眞誠的眼神，令諾爾不禁想起了過去。

很久以前，有隻山羊對他說過一段話。他雖然不曾期盼那句話會實現，卻一直放在心上。

「奈西。」

「嗯？」

「你會因爲我活著，而感到，幸福嗎？」

奈西沒有任何猶豫，用力點了點頭。

「這不是當然的嗎？」

不需要太多解釋，憑著這四年來相處的點點滴滴，奈西知道諾爾不會不明白的。

他們一同經歷過許多艱難的挑戰，也共度許多愉快的時光，雖然幾度遭遇挫折，最終還是熬了過來。

他在諾爾的守護下，重新找回自信，不但成爲優秀的召喚師，也繼承了家業。因爲諾爾，他才沒有錯過那些關心他的人，甚至結識了許多原本不會接觸到的幻獸夥伴。

「我此生最幸運的事，就是召喚到你。」

月光點亮了他燦爛的笑容。

這純潔而美好的笑顏，使諾爾心中泛起陣陣漣漪。

過往的回憶如浪濤般湧上心頭，他想起小時候跟幻獸夥伴們在羊爺爺的教室裡聽課、想起自己待在遍布血跡的教室，望著羊爺爺哭泣的背影，以及想起很長一段時間都守在那棵樹下的日子。

如今，所有的孤單與苦痛皆已過去，此時此刻，他唯一的召喚師就站在眼前，因爲他的存在而露出幸福的表情。

「諾爾？」感覺諾爾的手指輕柔地撫上耳後，奈西忍著輕微的麻癢，只見諾爾低下頭，將自己的額頭貼到他的額頭上。

「今晚想聽，睡前故事嗎？」諾爾閉上雙眼，輕聲問。

「嗯，我最喜歡聽你說故事了。」奈西欣喜地笑了。「要說什麼故事呢？」

「我的故事。」

第三章

艾爾狄亞，諾爾的故鄉。

這個地方隨處可見藍天白雲青草地，由於氣候溫暖、土壤肥沃，所以住著許多畜牧型幻獸。與其他幻獸領地不同的是，這裡還住了許多輾轉從外地而來，跟畜牧系八竿子打不著，甚至可以說是天敵的幻獸。

儘管如此，艾爾狄亞仍維持著微妙的和平，某方面來說也算是一個理想的烏托邦。

不問種族、不問過去，只要願意遵守此地的規則，便可以住下來。

這就是艾爾狄亞。

「既然你都說願意遵守艾爾狄亞的規矩了，幹麼不順便成爲守護者呢？多可惜啊……」

「煩死了，老子想安安靜靜當個普通居民不行嗎！」

「你如果有實質功績，之後可以去召喚協會辦事處申請更名，這樣大家就不會再叫你災厄之龍了，說不定能改名成『牧羊之龍』之類的，聽起來就——」

「聽起來就遜斃了！牧羊之龍是啥鬼？講出去我還用當龍嗎！」

「這稱呼很親切啊，說不定大家就再也不會怕你了。」

「鬼才要！我寧願繼續當災厄之龍！」

在艾爾狄亞山頭，變成人形的紅龍站在山崖上，正被一名有著巨大羊角的老人糾纏。

霍格尼煩躁得想直接拍拍翅膀溜走，羊角老人卻牢牢抓住他的手臂，像隻樹懶似的黏在他身上。

「媽的你比那隻蠢山羊還令人火大！再不放手我就吃了你！」

「哈哈……在我年輕時有多少獵食者跟我說過這句話？現在我還不是好好站在這裡。」

兩人爭執不休，此時一隻黑色山羊默默從山崖下跳上來，以雀躍的步伐走向他們。

「爺爺。」諾爾出聲喊了抓著霍格尼不放的羊角老人。

「咦？諾爾？」羊爺爺轉身一看，頓時燦爛地笑了。

這位獨一無二的羊爺爺，擁有令人難以忽視的巨大羊角，咖啡帶灰的角彎成橢圓的弧度，一路延伸至腰間。他穿著咖啡色的衣服，袖口反摺，露出毛茸茸的白色內裡，腳上是略顯破舊的靴子。羊爺爺的臉龐布滿皺紋，頭髮也不再閃耀柔順的光澤，但那雙琥珀色的眼睛裡仍透露著神采。

見到諾爾，羊爺爺隨即變化形態，化爲跟獸形諾爾體型差不多的大山羊，邁出好似穿了白襪的蹄子，踩著小碎步來到諾爾身旁，而諾爾也上前迎接。

諾爾曾聽說，貓或狗若四足像是穿著白襪，在某些人類眼裡是不吉利的象徵，不知其他生物若有相同的情況，是否也被如此看待。

不過他認爲羊爺爺的白襪腳很好看，白色也是諾爾身上唯一與羊爺爺相同的顏色，這讓諾爾感到十分親切。

兩隻山羊友好地以頭頂的角輕輕對撞一下，接著諾爾整隻湊過去，用頭親暱地蹭了蹭羊爺爺的頸子。

「不管過了多少年，你都還是一樣愛撒嬌呢。」羊爺爺笑咪咪的。從前他以爲小羊就是喜歡撒嬌，可如今諾爾的體型都跟他一樣龐大了，性子還是跟小時候差不多。

他不覺得這有什麼不好，雖然歲月如梭，很多事會改變，但至少他一手養育的諾爾會一直是他熟悉的模樣。

「怎麼同樣是艾爾狄亞出產，你們倆的體型偏偏跟山下那些羊特別不同？」目睹兩隻大山羊站在一起的場景，霍格尼嘖嘖稱奇。

「這道理大概跟鍛鍊久了身體會長出肌肉一樣吧？」羊爺爺呵呵笑著。「隨著實力增長，不知不覺就變成這個樣子了。」

這番解釋令霍格尼徹底無語。

「怎麼了？你這孩子，許久不見，好像變得更愛撒嬌了啊。還是又有什麼想要的？」見諾爾仍緊緊黏在身上磨蹭，深知自家孩子個性的羊爺爺立刻猜中了諾爾的意圖。

諾爾點點頭，用羊角頂了頂羊爺爺，緩緩開口：「跟我，下山。」

「……下山？」似乎沒料到諾爾會這麼要求，羊爺爺愣在原地。

「下山。」諾爾堅定地重複。「跟我回，那個有小教室的山坡。」

「諾爾。」羊爺爺嘆了口氣。「你明知道我不會再回到那裡了。」

「不管，跟我回去。」諾爾又以羊角推推羊爺爺，十分堅持。

「怎麼會突然要我回去？」

「祕密。下來，就對。」

不久前，諾爾按托比的建議去了那座充滿回憶的山坡。原本他以爲那裡應該跟以前沒什麼不同，可是親眼看見嶄新的景色後，諾爾下定了決心。

自從發生了那場意外，羊爺爺便歸隱高山，深居簡出。但跟隨羊爺爺很長一段時間的諾爾明白，羊爺爺內心深處仍渴望著能再回小教室裡教書。

放下悲傷過往的時機到來了，他希望羊爺爺能跟他一樣，重新走向未來。

「跟我下山。」諾爾用自己的羊角頂住羊爺爺的大羊角，把羊爺爺推得往後滑了好幾步。

「不要。」羊爺爺不爲所動，站穩了腳步回推過去，兩隻大山羊彼此角力，地面被踩踏得隱隱出現裂痕。

「下山。」

「你爺爺我已經是風中殘燭，下山太累，走到一半就會翹辮子了。你忍心爲難一個老人家嗎？」

霍格尼沉默地看著死守在原地抵抗著諾爾，甚至有勝過諾爾的趨勢的羊爺爺。

「這麼可愛又治癒的，山羊，苦苦哀求你，你忍心，拒絕嗎？」

霍格尼沉默地看向爲了阻擋羊爺爺的進攻而動用魔族之力，整隻羊逐漸妖異化的諾爾。

搞了半天，諾爾的厚臉皮根本和羊爺爺是一個模子刻出來的。

正當他以爲兩人會對槓到分出勝負時，羊爺爺忽然一個腳底打滑，滑到了一邊躺在地上。

「哎喲我的腳扭到了，好痛啊……」羊爺爺痛苦地哀鳴，腳還逼眞地顫抖著。

「不行了，我老了，這一擋耗盡我全部精力，我沒力氣下山了……」

見羊爺爺一副快死的樣子，諾爾氣得咩咩叫。

就是這招！他可以學爺爺裝弱和裝懶，唯獨這招裝老，年輕力壯的他完全不能用！

「起——來——」諾爾推了推羊爺爺，然而羊爺爺就是隻路邊垂死山羊，一動也不動。

「我快死了……諾爾，在我死後，代替我下山，回到那座山坡吧……」

「你現在就，可以下山。」諾爾把這灘軟爛羊軀推向通往山下的路。

「小教室就留給你了……」羊爺爺一個挪移，讓自己卡在岩石的縫隙間。

「你很久以前，就說過這句話。」諾爾試圖把羊爺爺弄出來，想不到羊爺爺一個扭頭，羊角牢牢勾住了岩石。

見狀，諾爾抬頭望向霍格尼。「幫我。」

霍格尼嘖了一聲，化為龍形飛上天空盤旋一圈，接著像老鷹捉獵物般朝羊爺爺俯衝而下。

在他的龍爪將要碰到羊爺爺之際，羊爺爺猛然從地上彈起巧妙地避開，隨即邁開步伐狂奔而去。

「快，別讓他，跑了！」不等霍格尼回應，諾爾立刻追了上去。

霍格尼翻了個白眼，無奈地加入這場爺孫追逐。

自從認識諾爾後，他的麻煩就沒少過，諾爾的親朋好友老是來找碴。在幻獸界，羊爺爺總以敦親睦鄰為由，拉著他四處喝茶聊天；在人間界，那個金髮小鬼一天到晚做些奇怪甜點，試圖揣測他的口味。

「喂，厚臉皮羊！那不是你爺爺嗎？想想辦法啊！」

「他太陰險，單純的我，無法應付。」

「靠，都什麼時候了還在裝嫩！誰會相信你的鬼話！」

霍格尼發出一聲恐懼之吼，但羊爺爺完全不受影響，依然健步如飛地在山間亂竄。

其實這多少有點傷霍格尼的自尊心，他好歹是A級龍族獵食者，卻連隻羊都抓不到。即使知道眼前的羊爺爺是BOSS等級，可是一根羊毛都碰不到也太窩囊了。

畢竟羊爺爺不是吃素的——咳，他確實吃素，只是並非一隻普通的吃素山羊。

羊爺爺在山頂生活多年，對地形相當熟悉，又同樣擁有A級的實力，沒那麼容易被逮住。他的行動靈活得猶如猴子，先是毫不猶豫地跳下山崖，飛躍了幾公尺後落至另一道岩壁上，接著腳一蹬，又跳向旁邊的岩壁，不出幾分鐘，諾爾跟霍格尼便追丟了。

諾爾站在岩壁旁，眼神都死了。

他忽然好想念單純可愛、哄幾句便乖乖聽話的奈西。

「那隻養你的到底是什麼奇葩山羊？不但臉皮比你厚，逃跑功夫還比你好。」

霍格尼氣極敗壞地停在諾爾身後，忍不住抱怨。

「就說他，很陰險。」諾爾化為人形，自動自發地跳到霍格尼背上。「我得找到他，幫我。」

「你以為我是你的召喚獸啊！給我下來！」

「借坐一下。」諾爾說完，又補充一句：「小心我，跟奈西告狀，說你欺負我。」

「媽的你們這些傢伙到底為什麼覺得我會怕那個小鬼！」

說是這麼說，罵完之後，霍格尼還是乖乖拍拍翅膀，飛上了天空。

「要是老子飛到一半被那個瘋女人召喚，我就載你一起過去，獨樂樂不如眾樂樂。」

「儘管來。」聽到艾琳娜的名字，諾爾的語氣冷了下來。他低頭看看霍格尼，想起奈西最近跟他說過一件事。

奈西發覺霍格尼越來越容易召喚了，以前總要和艾琳娜搶霍格尼的召喚機會，最近想召喚這隻紅龍時，卻幾乎不會遭遇阻礙。

經過上次的事件，諾爾猜想艾琳娜可能打算放棄霍格尼了。

對崇尚強大幻獸的召喚師來說，一旦嚐過S級的滋味，便無法回頭了。但諾爾很清楚，那些強大的幻獸也不會白白把力量借給召喚師。

如果艾琳娜堅持用意志擺平一切，她的未來恐怕凶多吉少。

「你覺得，她，有沒有可能駕馭那些，S級龍族？」

「開什麼玩笑。」霍格尼沒好氣地回應，他自然知道諾爾是在指誰。「我先跟你講啊，沒事多警告那小鬼別隨便召喚S級，尤其是龍族。雖然也是有個性不錯的S級幻獸，或者某些年輕的幻獸也會因為對召喚好奇，所以爽快把力量借給召喚師。」

霍格尼的話讓諾爾想到勒格安斯跟那對天眼龍兄弟。由於生來就是S級，在幾乎沒有敵手的情況下，他們性格歡脫，也特別白目——位於金字塔頂端的幻獸，字典裡可是沒有「客氣」兩字的。

當初奈西跟伊萊合作召喚雙子龍時，確實是契文一發亮雙子龍就爽快聽話了，完全沒有企圖反抗。

「但大部分的老一輩S級幻獸可陰險了，比你家那隻老山羊還陰險。他們善於運用自己的優勢，將召喚師玩弄在股掌間，利用他們是要付出代價的。最惡名昭彰的例子就是龍王，為了得到她的力量，龍王召喚師把整個家族都獻上了，那些蠢召喚師被吃得死死的，還以為自己獲得了強大的力量。真搞不懂人類在想什麼，找虐嗎？」說到最後，霍格尼碎碎念起來。「叫那小鬼召喚你們那些歡脫的魔族就好，龍族可是碰不得的。」

「他碰了你。」諾爾面無表情。

「那不是你幹的嗎！要不是你把我交給那小鬼，我會跟他湊在一起嗎！」霍格尼炸毛。

「我，看得出來。」諾爾懶洋洋地說。「你想要奈西，我很善良，就分你一點，不過他還是我的。」

「……那還眞是謝謝你啊。你不怕我把那小鬼吃了嗎？」

「你沒有。」

「……」

之後，兩人一路無話，默默搜尋著失蹤的羊爺爺。

過了一段時間，霍格尼沉聲開口：「爲什麼要救我？」

這是他一直不明白的事。他的確救了奈西與諾爾一命，可他是災厄之龍，不該有人能放心地將重要的人交給他。

無論是在幻獸界還是人間界，哪裡都沒有他的容身之處。

但諾爾將自己最珍視的召喚師交給了他，還建議他可以定居在艾爾狄亞。他不懂爲何諾爾可以做到這種地步。

同情他嗎？還是對他的處境感同身受？即便再怎麼同情，這麼做也不合理。他可是災厄之龍，一隻因爲太過危險而遭到放逐的龍，沒有人會讓自己珍惜的對象接近他。

「我小時候，家中被，肉食幻獸入侵。那時羊爺爺經過，救了我，並收養我。」諾爾眺望著艾爾狄亞山間的景色。「所以我也不會，丟下有難的人不管。」

「以前我沒有能力，因此讓，很多夥伴，死去。」諾爾靜靜地說。「但現在我，有這個能力。而且不只我，羊爺爺，奈西，他們都是有能力的人，可以幫助你。」

「……」

「我對你唯一的要求，就是，守護我珍惜的事物。奈西、羊爺爺、艾爾狄亞，還有其他夥伴。我相信你能做到。」

沉默一陣，霍格尼沒好氣地回答：「那還用你說。」

聞言，諾爾的嘴角勾起淡淡微笑。

下一秒，他敏銳地以眼角餘光捕捉到一道咖啡色身影，於是轉頭看去，只見不遠處的岩縫中，有隻大角山羊正探出頭觀察他們，一跟諾爾對上目光，大角山羊瞬間縮回岩縫，消失無蹤。

「在那裡！」

霍格尼馬上飛往諾爾所指的方向，可是才飛沒多遠，便聽見山間傳來幾聲急促的鳥鳴。

一隻鳥慌亂地從底下飛過，身上似乎帶了些血跡，羽毛更像是被狂風吹過般蓬亂。鳥兒墜機似的朝艾爾狄亞山直落，最後墜入了山腰的森林中。

「送子鳥？」諾爾曾聽托比說，有種鳥類會帶著嬰孩送到有緣的人家去，不過他並未實際看過這種鳥。且不知是不是錯覺，他總覺得那顆蛋有點不對勁。

「蛋怪怪的。」

「當然怪，那種體型的鳥哪可能生出這麼大的蛋，肯定是偷來的。」

「不是這種怪。」霍格尼指出的確實也是疑點，但諾爾還是覺得有哪裡不對，那似乎不是普通的蛋。

「天啊！諾爾！」一道聲音忽然從下方傳來，只見羊爺爺不知何時爬上了山崖，表情有些驚慌。「剛剛那隻鳥受傷了？你爺爺我視力不好，一時沒看清楚……他叼著一個很大的東西，好像在逃命的樣子，我們是不是該去幫忙？」

「他叼著蛋。」

「蛋？」羊爺爺驚叫一聲，嚇得毛都豎了起來。「原來是鳥媽媽？那我們一定得去幫忙了！」

「冷靜點，那麼大顆的蛋，很明顯不可能是他的孩子吧？八成是從哪偷來的，沒必要管。那傢伙既然敢偷蛋，就不要怕被追殺。」霍格尼在羊爺爺旁邊降落，滿不在乎地說，然而羊爺爺聽了卻更緊張。

「所以說，是被偷走的孩子嗎？那更糟糕了啊！」羊爺爺化爲人形，擔憂地望了那隻鳥墜落的方向一眼，接著自動自發地跳到霍格尼背上。「孩子是無辜的，不該無端被捲入，我們快去救那顆蛋。」

「干我屁事！你們這些羊明明有腳，別這麼理所當然把我當坐騎好嗎！」霍格尼氣得想扭頭咬那兩隻不要臉的山羊，無奈咬不到。

「我們不會飛呀。」羊爺爺一副無辜的樣子，呵呵笑著。「要追飛行幻獸，還是得靠飛行幻獸比較方便，拜託你了，霍格尼。」

諾爾跟著點頭。「我會叫奈西，給你獎勵。」

「什麼獎勵？你喜歡的那些摸摸抱抱餵食嗎？媽的以為我是你嗎！誰會喜歡那種東西！」霍格尼惡狠狠地駁斥，還是飛了起來。「找回蛋之後老子就要回家睡覺，別再煩我！」

他雙翅一拍，加速飛行，即使背上載著兩隻羊，他也沒有慢下速度，一路衝到了山下。

「結果最後還是得下山啊，唉……」羊爺爺忍不住嘆了口氣。他原本好不容易要擺脫諾爾了，想不到竟敗在自己的爛好人性子上。

這個發展讓諾爾滿意極了，他正是吃定了羊爺爺不會對小幻獸坐視不管，才毫不猶豫地表示那隻鳥帶著蛋。如此一來還能騎著霍格尼下山，比自己下山輕鬆多了，速度又快。

「先說好，雖然下山了，我還是不會去那座山坡的。」羊爺爺往一邊挪了挪，與諾爾保持距離。「我不會再回到那裡。」

「不管，跟我回去。」

「啊啊，我的腰好痛啊……不行了，這一趟下山累得我骨頭都散了，走不動了……」

「希望你們能用小到不行的良心想想自己是靠誰下山的。」

雖說是下山，但其實他們在半山腰就停下了。那隻鳥行蹤不明，他們只能在大概的墜落地點搜索。

走在陽光灑落的林中，一陣溫暖的微風拂面而來，諾爾做了個深呼吸，滿足地嘆息一聲。雖然變成了魔族，不過他仍保留著羊族的某些特性，例如絕大多數魔族討厭充滿陽光與新鮮空氣的環境，他卻完全不排斥。

這裡是他的家鄉，有著他最熟悉的景色，還有親切的居民們，無論離開多久，艾爾狄亞永遠是他的家。

注意到諾爾放鬆的模樣，羊爺爺不禁莞爾。

「從深淵回來後，你看起來又有些改變了呢，諾爾。」

過去，諾爾有時會給人一種飄忽不定，彷彿明天就會消失的感覺。但如今，羊爺爺能從那安穩的表情看出來，諾爾過得十分幸福。

有如熬過嚴寒的花朵終於綻放出屬於自己的美麗，堅強而驕傲地沐浴在陽光下，這令他感到相當欣慰。

在羊爺爺的注視下，諾爾淺淺一笑。

「有一個學生，當年也，坐在那間教室裡。」他平靜地開口。「他是那間教室唯一的，畢業生。雖然他上課，總是在睡覺，但老師的話，他都聽進去了。最後他，也達成了老師對他的期望，現在的他，過得很幸福。」

聞言，羊爺爺沉默半晌，低低出聲：「是嗎？那眞是太好了……」

他的聲音有點顫抖，帶著一絲哭音。「眞的是太好了，至少他過得很幸福……那他現在的歸處在哪呢？以後還會再回來這裡嗎？」

「在人間界，他有個唯一的召喚師，他打定主意，要一輩子，待在這位召喚師的身邊。在幻獸界，他已經成爲，魔族的一員，決定與他們一同生活，追隨他們的理念。」諾爾回答。「不過這裡，永遠是他的家。他會定期回艾爾狄亞，看看鄰居們，還有他的老師，以及那棵樹。」

「是嗎……那就好。」羊爺爺輕聲說。「要是再也見不到那個學生，羊爺爺會很寂寞的。」

諾爾瞄了羊爺爺一眼，原本想說些什麼，最後還是選擇沉默。

「說眞的，我不太熟悉魔族這個種族。」羊爺爺蹲在地上，仔細觀察周遭有無掉落的鳥毛等蛛絲馬跡。「既然你認同他們了，應該不會太糟吧？會有危險嗎？」

「很常被召喚。」諾爾擺出臭臉。「但不會有危險。」說完，他頓了頓，又改口：「應該。我們最近，可能有大事。我可能隨時會回深淵，支援一下。」

「怎麼回事？你們要跟誰戰鬥嗎？」羊爺爺擔憂地問。

諾爾搖搖頭。

「我們的召喚師有大事要幹。」霍格尼哼了一聲，幫忙說明。「爲了擺脫魔王召喚師的宿命，他決定豪賭一把，幹一票大的。」

「我們會跟隨他。」諾爾點點頭。「過程中，大概會有風險，但這是，目前最好的辦法。」

羊爺爺看了看諾爾，再看向霍格尼，兩人的表情都沒有任何猶豫，爲了讓自己的召喚師擺脫召喚魔王的宿命，他們已經有了覺悟。

見狀，羊爺爺的神色柔和起來。

很久以前，他也和他們一樣，與自己唯一的召喚師一同向前邁進，爲了未來努力。如今，他在這些年輕的幻獸身上看到了自己的影子，因此深感欣慰。

孩子翅膀硬了，總是要飛的，羊爺爺深知這點。所以，他溫柔地說：「那就去吧，小心安全。」

諾爾點頭，這是肯定的。

若是他再遇險一次，奈西一定會傷心無比的。

第四章

諾爾在去見羊爺爺的前一天，向奈西詳細述說了自己的過去。

那是屬於兩人的特別時光，你可以想像諾爾坐在奈西的床鋪上，用他那老是在奇妙地方斷句的說話方式，一字一句地傾訴，而奈西則是靠著諾爾毛茸茸的暖和身軀，有時露出溫柔的笑顏，有時面帶難過的神情，仔細地聆聽。

總而言之，最終的結果自然是，奈西會更加愛著這隻獨一無二的魔族山羊。

也就是在那一晚，令奈西煩惱不已的難題有了解答。

該與芬里爾家合作？還是趕走芬里爾家？這個看似無解的問題，因爲諾爾而頓時有了清晰的答案。

不管如此選擇會帶來什麼後果，只要能夠讓諾爾過得平安，並且令他可以繼續與諾爾走向相同的未來，那麼無論時間重來多少次，奈西都會做出同樣的選擇。

奈西將自己的決定告訴烏德克，經過長談後，烏德克也表示支持。這個國家早已不是他們所追求的烏托邦，這個時代也不再有值得他們犧牲自己召喚魔王的理由，是時候放手一搏，取回自由了。

而後，奈西向亞蒙說明了自己的抉擇，並請亞蒙教他寫一封正式的拜會函。

收到信件時，芬里爾家族一陣騷動。席爾尼斯家向來與芬里爾家水火不容，現在魔王召喚師居然請求拜會掌權者，這讓他們不禁懷疑，席爾尼斯家的葫蘆裡到底賣什麼藥？

此事肯定有詐，但芬里爾家的掌權者欣然同意，其他族人也只能無奈著手安排會面。

魔王召喚師——奈西・席爾尼斯。這位一出現就令整個宮廷人仰馬翻，且年紀輕輕便擁有天才召喚師之名的勇者，和他的祖先截然不同，不僅會召喚魔族以外的幻獸，更無視王城的潛規則，毫不避諱召喚屬於芬里爾家的龍族，及屬於貝卡家的蛇族。面對史上第一個擁有三大家族幻獸的魔王召喚師，芬里爾家很好奇奈西究竟有什麼打算。

會面的日子很快到來。

清晨，天色還未亮，一輛黑色馬車行駛在瀰漫著薄霧的街道上，靜靜來到芬里爾本家宅邸。

等在大門前迎接的召喚師們一看到那輛馬車，無不皺起眉頭，再看看負責駕駛馬車的骷髏，還有兩隻半透明的幽靈馬，芬里爾家的召喚師一個個都不好了。

席爾尼斯家的人在他們眼中就是鬼鬼祟祟的怪胎，明明擁有勇者之名，卻擅長在黑暗中戰鬥，召喚出的幻獸也盡是些詭異的東西。

「別一臉嫌棄嘛，某方面來說我們長得一樣不是嗎？只是你們多了皮肉而已。」艾斯提笑嘻嘻地表示，他俐落地下了馬車，打開車門。

一名背著巨劍的黑羊劍士從車裡跳下來，接著朝車內伸出手。一隻白皙纖細的手放到他寬厚的掌心上，金髮的少年召喚師在黑羊的攙扶下現身。

芬里爾家的召喚師們對這名少年並不陌生，少年曾被他們家招攬，他們也一度以爲少年會加入芬里爾家，然而世事難料，少年竟一夜之間成爲了魔王召喚師，回歸席爾尼斯家，這讓芬里爾家上上下下都氣壞了。

他們一方面覺得沒面子，一方面覺得受欺騙，但奈西是珍貴的魔王召喚師，也不能拿人家怎樣。如今再度看到這名少年，他們簡直恨不得用眼神瞪穿他。

年輕的勇者在眾人的瞪視下，禮貌地點頭打招呼，良好的家教使龍族召喚師們只能把怒氣憋在心裡，否則沒教養的可是他們了。

他們原以爲眼前所見已是少年帶來的全部人馬，想不到，一名蒙住雙眼、身穿寬鬆衣袍的蛇族男子隨後優雅地從車上走下來。

「……」

面對眾多帶著譴責的不善視線，亞蒙不在乎地笑了笑，逕自對奈西說：「走吧，那些人還在等我們呢。」

奈西點點頭，他深吸一口氣，率先向前走，諾爾和亞蒙並肩跟在他身後，有如他的護衛。

「喂喂，開玩笑的吧？這絕對是在挑釁吧？這傢伙居然把王族的幻獸給帶來了……」

「不成體統的魔族召喚師，這小鬼根本沒把自家榮譽放在心上，竟敢在正式場合帶別人家的幻獸。」

「席爾尼斯家果然走上末路了。」

刻薄的龍族召喚師們自然不會放過這個機會，個個以奈西能清楚聽到的音量竊竊私語，不過奈西不以爲意。

他的幻獸都是因爲緣分而來到他身邊，儘管出身不同、性格相異，但爲了理想的未來，大家都齊心協力努力著。既然如此，爲何要在意是哪個種族？

在造訪芬里爾家之前，奈西爲護衛獸選苦惱了一番，因爲亞蒙表示帶兩個護衛爲佳，再多就會被對方認爲是來踢館了。

諾爾是肯定要陪同的，其次就是伊娃、霍格尼、亞蒙了。

身爲外交官的伊娃，在幻獸界專門與龍族打交道，是非常理想的選擇，而霍格尼是龍族的一員，對芬里爾家和龍族的事了解不少，所以也挺適合，但奈西最後選了亞蒙。亞蒙很清楚當今局勢，而且相當懂得看場合說話，對處事仍不夠圓滑的奈西來說，亞蒙可以提供不少助力。

有無論何時都能保持淡定的魔羊，還有見過各種場面的交際達人相伴，令奈西放心不少。在龍族召喚師們的引導下，他踏進了芬里爾本家宅邸。

宅邸整體色調清冷，裝潢莊嚴而華貴，放眼望去窗明几淨、一塵不染，與芬里爾一族嚴謹自律的性格十分相符，走在長廊上不時會看見龍的雕像與畫像。

席爾尼斯家也掛滿魔族畫像，但與芬里爾家不同的是，席爾尼斯家的畫像多半是描繪深淵的景色與魔族的日常情景，而芬里爾家的畫像則大部分是龍族的各種霸氣姿態，畫框下方皆會附上該隻龍的契文與一小段相關資訊。

奈西猜想，這麼做大概是爲了激勵後輩。他有點無法想像從小在這成長將有多辛苦，他光是待在這裡就可以察覺緊繃的氣氛，完全感受不到一絲家的溫暖。這個把實力視爲存在價值的家族實在太過極端，若是他肯定無法適應。

「你接下來要見的是大人物，一般民眾連他的尊容都難以瞻仰，最好注意點，如果敢輕舉妄動，我們可不會手下留情。」引領奈西到會客室前的召喚師拋下狠話，說得好像奈西是第一次見芬里爾的家主似的，顯然已經徹底將帶奈西出席王子生日宴的事當成黑歷史。

命運的大門已爲他開啟，奈西深吸一口氣，踏進充滿清冷氣息的會客室。

「歡迎你的到來，魔王召喚師。」

龍王召喚師露出笑容，以低沉而穩重的蒼老聲音問候。他穿著彰顯出不凡身分的華貴綠袍，抬頭挺胸地站在會客室中央，身後站了一排龍族召喚師，每一個看起來都是精挑細選而出的菁英，氣勢逼人。

「這恐怕是千年以來，魔王召喚師首次造訪芬里爾家。」龍王召喚師伸出手，示意奈西坐到旁邊的沙發上。

奈西有些緊張地落坐，諾爾跟亞蒙站在他身後，他可以感覺到那些排排站的召喚師正以刻薄的銳利目光打量他的幻獸。

龍王召喚師在對面的沙發坐下，一名召喚師走過來為他們泡茶。

「第一眼見到你，我就覺得你會成為優秀的召喚師。可惜你選擇了席爾尼斯家。」龍王召喚師面帶微笑，刻意強調了「席爾尼斯」四個字。

奈西心虛地別開眼，咳了一聲，略顯尷尬地笑著說：「因、因為那時我也還不知道自己是席爾尼斯家的人——」

「這樣啊，也就是說烏德克・席爾尼斯之前不承認你是嗎？啊，不好意思，我提了不該提的話題。」龍王召喚師神情遺憾，此話一出，那群芬里爾家召喚師紛紛低聲議論。

「直到被監禁才想到要把壓箱寶翻出來，烏德克・席爾尼斯也挺有一手嘛。」

「不，隱瞞魔王召喚師的存在，分明是對這個國家的不敬，也是褻瀆了自己的職責。看樣子，席爾尼斯家已經不行了。」

聽見那些批評，奈西心慌地站了起來，想要開口解釋，但亞蒙按住他的肩膀，對他揚起從容的笑，要他乖乖坐回去。

「在當事者面前談論人家的私事不太好哦，我可不記得芬里爾家是個八卦的家族啊。」亞蒙以開玩笑般的態度說，氣氛一瞬間變得緊繃。「說起來，我們的信函中分明寫著請求會見『掌權者』，你們這是什麼意思呢？隨便派幾個召喚師就想蒙混過去嗎？」

「我們要見的不是你。」諾爾直截了當地對龍王召喚師挑明。「叫莉芙希斯，出來。」

整間會客室頓時鴉雀無聲，原本顯得從容不迫的龍王召喚師垂下了嘴角，神色僵硬。

「哈哈哈！」清脆悅耳的聲音從另一頭傳來，龍族召喚師們不甘地往兩旁讓開，原先被擋住的長形大書桌映入眼簾。

書桌後有張背對桌子、椅背極高的氣派座椅，在眾目睽睽之下，椅子轉了過來，其上的身影正是莉芙希斯。

「我就說嘛，你們這是想演哪齣？不可能瞞得過這個小勇者的。」莉芙希斯手持權杖，豪邁地笑著走過來。她不客氣地一屁股坐在龍王召喚師身旁，負責泡茶的菁英召喚師迅速泡上一杯新茶雙手奉上。

「這孩子擁有三大家族的幻獸，你們還想對他隱瞞什麼？他家的龍跟蛇會看在你們的面子上什麼都不說嗎？不可能吧。」

方才還占上風的龍王召喚師氣勢大減，黯然別開目光。

「而且他有亞蒙呢，這傢伙在王族中不怎麼受歡迎，但知道的事可多了，小把戲對他不管用的。」莉芙希斯悠哉地喝了口茶。

「陛下，請在後輩面前給我們留點面子。」龍王召喚師無奈地請求。面對莉芙希斯，他一點辦法也沒有，年輕時他還會想辦法抵抗，然而經過這麼多年，他早已放棄了，只希望對方能大發慈悲，多爲他保留點尊嚴。

「有什麼大不了的？你們跟席爾尼斯家的關係不是早就糟到不行了嗎？無論我怎麼做，他對你們的印象也不會因此改變。」莉芙希斯呵呵一笑，放鬆地往後靠在椅背上，雙腿交疊，神態充滿了自信。那與生俱來的王者氣勢，令周遭的所有S級召喚師都相形失色。

「所以呢，你來見我的目的是什麼，小傢伙？」她的眼神流露出一絲興奮。「希望我幫你擺脫魔王召喚師的宿命嗎？沒問題哦，我可是萬夫莫敵的龍王，要保護一個小小的魔王召喚師太容易了。在我的庇護下，你可以跟另一個勇者平安地度過一生……怎麼樣，想要嗎？」

奈西吞了下口水，頓時一陣毛骨悚然。

還好在來這裡之前，霍格尼爲他上了一課。紅龍嚴肅地叮囑他，不管龍王如何提議，都不可以答應。

凌駕於召喚規則之上的強大幻獸，向來善於運用自己的優勢來誘惑召喚師，他們會針對召喚師的弱點開出誘人的交易條件，然而由幻獸主動提出的交易肯定對幻獸有利，至於召喚師會怎樣，那些幻獸根本不在乎。

「那個蠢蛋家族應該足以讓你看清跟龍交易會有什麼後果吧？」奈西記得臨行前，霍格尼不屑地這麼表示。「成爲龍王召喚師是他們對人生勝利組的定義，達不到目標便被歸爲失敗者，整個家族只爲培養龍王召喚師而存在。你這小鬼可別被那頭母龍灌幾句迷湯，就把自己給賣了。」

想到此處，奈西深吸一口氣，讓自己冷靜下來。他不能辜負霍格尼的用心，那隻紅龍爲了他，毫無保留地出賣了自己的同族，要是在這個關頭著了龍王的道，霍格尼肯定會生氣的。

「謝謝妳，不過這不是我想要的。」奈西禮貌地回答，語氣平穩。「不過，我確實是爲了改變我的未來而來，可以的話，我想和妳做個交易。」

他不習慣這種場面，也從未想過有天會與這等大人物進行談判，可是他的幻獸們都在他身邊，努力想協助他擺脫宿命，所以他必須回應這份期待。

「我們勇者與魔族願意貢獻出力量，來完成妳的一個願望。」奈西抱緊懷中的魔導書，歪了歪頭，露出靦腆的笑。「作爲交換，願望達成之後，還請芬里爾家徹底與王族切斷關係，全體撤離這個國家。」

話音落下，整間會客室炸開了鍋。

芬里爾家的召喚師們震怒不已，各種辱罵的言詞與粗鄙的髒話齊出，但奈西置若罔聞，只是直直盯著龍王莉芙希斯，等待她的答覆。

本來這是令奈西煩惱不已的難題，不過在與諾爾談心後，他便清楚自己該如何選擇了。

他想要一個能讓諾爾與其他夥伴平安的未來，芬里爾家的召喚師與他們理念不合，至今爲止，他也因爲芬里爾家的召喚師而數度遭遇危機。

他以爲像艾琳娜那樣的召喚師是特例，可是聽了霍格尼與亞蒙的說法，他才知道，大多數芬里爾家的召喚師其實跟艾琳娜半斤八兩，差別只在於他們有理智。

爲了得到龍王，艾琳娜靠著摧毀幻獸的自我來訓練自己的意志，而在場這些召喚師爲了得到龍王，則是出賣了自己的靈魂。他們不惜讓自己的尊嚴被踩在腳底，也不在乎這個世界變成什麼樣子，只要莉芙希斯一聲令下，他們就照辦。

奈西並不討厭莉芙希斯，但他不喜歡芬里爾家的召喚師，光是艾琳娜一個就夠他們受了。所以，他選擇趕走芬里爾家，無論未來會如何，至少他能確保自家幻獸不會再受芬里爾家荼毒。

聽了奈西提出的條件，莉芙希斯沒有跟龍族召喚師們一樣發怒，而是斂起了笑容，用一種重新審視的目光打量奈西。

「……原來如此。」良久，莉芙希斯嘆了口氣，意味深長地看向亞蒙。「你居然把我們的祕密告訴了他。亞蒙，這個人類這麼值得你信任？」

「我和他相處了一段時間，也跟他的幻獸們接觸過，我可以肯定，這孩子能夠信任。」亞蒙雙手交疊在胸前，嘴角勾起一絲笑意。「他是公主所信賴的人，也收了妳家那隻沒人要的龍，難道這樣還不足以讓妳信任嗎？」

莉芙希斯沉默下來，見狀，所有龍族召喚師都慌了。

「莉芙希斯陛下！發生什麼事了？您被那條蛇出賣？」

「就是這樣我才討厭宮廷那些蛇，不僅見人說人話、見鬼說鬼話，而且換了新主人就馬上背叛舊的，一點忠誠心也沒有。」

「竟敢把您的情報出賣給席爾尼斯家，這條蛇罪該萬死！只要您命令，我們立刻拿下這條蛇。」

「陛下，不管那孩子值不值得相信，亞蒙出賣您都是事實。」一旁的龍王召喚師反而心情很好的樣子，他瞄了亞蒙一眼，像個奸臣般在龍王耳邊低語。「那條蛇以前在很多召喚師之間來來去去，根本沒有忠誠可言，不僅如此，他的臉皮還特別厚，都已經被宮廷打入黑名單那麼多年了，卻仍然死皮賴臉地纏著王族不放，誰知道他心懷什麼鬼胎？蛇族就是個只會以甜言蜜語誘惑人、最後再反咬人一口的種族，您當初實在不該把他當朋友。」

說到這裡，龍王召喚師以憐憫的眼神看向奈西。「我看你大概也被利用了，回頭是岸啊，孩子。你想想，王族有可能平白無故送你屬於他們的幻獸嗎？雖然我知道年輕人難以抗拒稀有強大的幻獸，但收下之前還是要謹慎考慮。」

這句話就你最沒資格說。奈西在心中默默吐槽。

「我的幻獸能不能夠信任，我自己會判斷，所以請停止批評好嗎？」

奈西根本不信龍王召喚師的鬼話，他可不會忘了霍格尼的遭遇。當初這隻紅龍就是被他們貼上吃人龍的標籤，才淪落爲惡名昭彰的幻獸。

「你們這樣說，對幻獸們很失禮。」奈西的語氣平靜而堅定。「召喚幻獸的是我們，他們沒有選擇權。若有得選擇，他們會想過這種生活嗎？若能憑自己的意志行動，他們會對誰都言聽計從嗎？」

此話一出，芬里爾家的召喚師們被堵得啞口無言，沒法再接話。

出乎意料的，莉芙希斯顫抖著肩膀低笑出聲。

「啊，沒問題，我同意你的要求。」她爽快地答應，眼中不再有猶豫。

接著，她站起身，攤開雙手。「雖然我不知道亞蒙對你透露了多少，不過我確實有個願望未了。只要你能完成我的願望，我就帶著芬里爾家撤出貝卡。」

奈西的眼神亮了起來，連忙點點頭。

莉芙希斯微微一笑，話鋒一轉，拋出一個問題：「你知道人類跟幻獸彼此征戰了數千年的原因嗎？」

奈西愣了愣，這對召喚師來說不是什麼困難的問題，他很快地回答：「爲了互相爭奪領土？」

「沒錯，就是這麼單純的理由。不過……爲何我們能做到這件事呢？幻獸界與人間界是各自獨立的世界，本來井水不犯河水，甚至雙方都不知道對方的存在……直到那個東西出現爲止。」

「次元門。」奈西知道莉芙希斯想表達什麼了。「那是造成戰爭的根源？」

莉芙希斯頷首。

「由於次元門把兩個世界連接在一起，才會發生那場戰爭。次元門出現的原因已不可考，我們認爲那是宇宙的奧祕，它的存在就像時空裂縫、像突然湧起的風雲，是一種自然現象，不是我們這些生物能理解的。儘管如此，我們仍有毀壞次元門的方法。在戰爭結束後，我們與人類簽訂條約，幻獸願意永生永世當人類的奴隸，而人類永遠不得再入侵我們的領土。之後，我們便與人類在世界各地展開摧毀次元門的行動，如今次元門已幾乎全被毀壞殆盡……只剩下一道。」

聽到這裡，默默站在一旁的諾爾抖了抖耳朵。

「雷德狄。」他忍不住開口。

「對，正是魔王雷德狄所看守的門。那是世間已知的最後一道門，也是王族刻意保留下來的。」莉芙希斯疲憊地仰頭嘆息。

「只要解開那道門的封印，不管是人類還是幻獸都能自由來往兩界。條約載明必須摧毀全部的次元門，王族卻硬是留了一道。」莉芙希斯雙眼瞇起，散發出危險的氣息。「只要那道門還在，人類就隨時可以入侵幻獸界，再度掀起戰爭。」

聽完這番說明，奈西還是不懂摧毀次元門的必要性。「可是……即使沒有那道門，召喚協會也早就研發出召喚門了不是嗎？雖然只能單方通行。」

「人類所研發的召喚門無法與次元門相提並論。」莉芙希斯鄙視地哼了一聲，搖搖頭。「召喚門是次元門的贗品，有許多瑕疵，縱使經過千年，召喚協會依舊無法摸透次元門的奧祕，兩者之間最大的差別在於契文的效力。」

莉芙希斯繼續解釋：「契文好比項圈，當幻獸跨過召喚門時，會有一條無形的牽繩連接到幻獸身上的契文，使召喚師能夠控制幻獸。而當幻獸從召喚門返回幻獸界時，牽繩便會斷開聯繫，令人類無法再控制幻獸，即便跟著前往幻獸界也一樣，這一點連王族也不明白原因。但次元門不同，就算幻獸穿越了次元門回到家鄉，無形的牽繩仍會存在。這也是爲什麼當年人類能侵略我們的領土，將我們一一收服，我們被迫與同伴互相殘殺。」

她的目光黯淡下來。「我呢，希望能完全消滅次元門，因爲有它，才會有戰爭。雖然戰爭已經平息，可是誰能保證未來悲劇不會重演？人類的壽命很短暫，你們來來去去，無法預料何時會有英雄橫空出世，也無法預料後續幾任的國王將採取什麼行動。不過……只要次元門消失了，人類便再也無法破壞幻獸界。自千年前簽下召喚條約開始，我們的願望就只有一個——擁有完整的家園，一個不會遭受任何外來物種入侵的家園。」

當莉芙希斯說出幻獸們的願望時，奈西彷彿在她的眼中看到一絲憂傷。縱使方才她驕傲地說自己萬夫莫敵，然而提到這件事，她卻無法維持原本的自信。

正因爲經歷過戰亂的時代，所以莉芙希斯絕不會輕率看待這一切。奈西知道，如果此刻他擁有莉芙希斯的契文，肯定能感受到這位王者的決心。

奈西並不確定這麼做是否正確，他渴望幻獸與人類和平共處的未來，若摧毀了次元門，就像是一併摧毀了這個未來。可是爲了終結幻獸們的噩夢、爲了讓幻獸們能眞正奪回自己的領土，這是必須的。

於是他點點頭，答應了龍王的要求。

「先提醒你們，次元門被破壞的瞬間會產生爆炸，且兩邊的世界都會受波及。像什麼也沒發生過似的破壞掉它，對你而言不是問題吧？這應該是你們家的專長，在幾百年前，次元門都是由你們家負責處理的。不過，別忘了搞定你們那位令人頭痛的魔王。」

「我知道了。」奈西點點頭，這任務其實不容易，除了要說服雷德狄以外，還得想出一個避免破壞遺忘森林與宮廷的辦法，這道門所連接的兩端都太重要了。

「很好，只要事情辦成，我就依約帶著芬里爾家撤出貝卡。」莉芙希斯滿意地說，看起來對這個國家沒有半分留戀。

「莉芙希斯陛下！」龍王召喚師臉色白了，他像個小妾似的揪住莉芙希斯的衣袖，神色驚恐。「您這是上了魔王召喚師的當啊！此地有我族千年基業，怎麼可能說撤就撤呢！」

「是呀！請您再多想想！」

「您被魔王召喚師和那條狡猾的蛇騙了！」

「吵死了！再吵我就自己離開貝卡了啊，你們自己看著辦。」

此話一出，芬里爾家的召喚師們更慌了，他們紛紛改口讚頌莉芙希斯英明，不忘順便唱衰奈西。

奈西無語地看著眼前這彷彿後宮眾妃討好皇帝的景象，起身表示自己要離開了。龍族召喚師們自然十分樂見，只說了一句慢走不送便把他打發走。

直到返回艾斯提的馬車裡，奈西才終於鬆了一口氣。他整個人癱軟在座椅上，想起方才的種種仍心有餘悸。

與權貴打交道實在太可怕了，若不是有幻獸們幫忙，他肯定會被吃得死死的。

「你表現得很不錯了，能取得莉芙希斯的信任，這並非人人都能做到。」坐在他對面的亞蒙稱讚，看起來心情挺不錯。「抱歉啊，我下了一步險棋，讓莉芙希斯不太高興，幸好你扭轉了局面。」

亞蒙的語氣輕鬆，心中卻翻湧著複雜的情緒。

當初他倉卒地加入奈西一行人，雖然感到錯愕，但身為專業的召喚獸，易主經驗豐富的他很快便適應了情況。

他並不討厭被奈西召喚，畢竟耳聞過席爾尼斯家的良好名聲，奈西又是公主信賴的人，所以他相信奈西會是個不錯的召喚師——僅此而已。

這段時間相處下來，亞蒙體會到奈西確實是個善良的召喚師，這位備受幻獸愛戴的小勇者渴望以朋友的身分跟幻獸們共處，更始終為幻獸們著想。他認為這個人可以信任，所以把龍王的願望透露給奈西。

但亞蒙心知肚明，這樣的做法很自私。

這筆交易是他促成的，原因很簡單，他也想破壞次元門。

亞蒙知道，只有魔族才能潛入戒備森嚴的宮廷破壞次元門，所以他讓奈西踏上這條不歸路。

說穿了，他是在利用奈西，芬里爾家的召喚師沒有說錯，他確實狡猾。

即便如此，當他被那些龍族召喚師羞辱時，奈西卻站了出來，爲他說話。

「召喚幻獸的是我們，他們沒有選擇權。若有得選擇，他們會想過這種生活嗎？若能憑自己的意志行動，他們會對誰都言聽計從嗎？」

從沒有人會這樣替他說話。

亞蒙享受過被眾多召喚師追捧的日子，他外表迷人，既能幹又善於討召喚師歡心，更別提還有好用的能力，所以召喚師們信任並重用他。

他爲了證明自己，因此盡可能滿足召喚師們的願望，可時間一長，廣受信賴竟成了某些召喚師心生顧忌的原因。宮廷的人們覺得他知道太多祕密、同時擁有太多契約主，反而認爲他沒有忠誠心了，最後，連原本信任他的召喚師也開始對他猜忌懷疑，不再交付任務。

那時他才明白，召喚師眞正喜歡的是像諾爾這樣，忠誠強大，除了自己的主人以外眼中容不下其他召喚師的幻獸。

當他認知到這點時，已經太晚了，他只能繼續以原先的方式過著被召喚的生活。後來，公主接納了他，她獨排眾議，給予深厚的信任，也與他志同道合，這令亞蒙覺得自己的獸生又迎來了希望。

所以，其實他並非不介意被公主託付給奈西。這不是他想要的，他無法釋懷。既然公主信任他，又爲何輕易將他交給另一位召喚師？

但是，聽到奈西在莉芙希斯面前說出那番話後，亞蒙心中的這絲不快瞬間消散無蹤。

正因爲公主明白他的願望，也明白自己無法幫他達成，才會將他交給奈西。

如果有得選擇，沒人希望任人擺布；如果能順從自己的意志，他也想隨心所欲。

他跟大多數的幻獸一樣，有自己想過的生活，也有自己的願望，然而幻獸方是戰爭中的輸家，所以他的獸生只能由別人決定。現在，這份沒人能理解的痛苦終於藉奈西之口被傳達出來，令亞蒙有種解脫感。

他既感激，卻又感到罪惡，他居然利用了這麼好的召喚師來幫自己達成願望。

下了馬車，看見因擔心而在大門前等待的烏德克，奈西立刻開心地跑上前報喜，艾斯提也不忘管家職責，忙著替他們泡茶去，諾爾跟亞蒙則漫步在後，以悠閒的步調走回宅邸。

「諾爾啊。」亞蒙忍不住向諾爾搭話。他不太了解諾爾，只知道這名劍士經常偷懶，說話很簡短，喜愛對奈西撒嬌，據說以前是孱弱的羊族，但也是這隻看似平凡的幻獸使宮廷大亂。諾爾擁有強悍的實力，不僅備受奈西疼愛，更得到奈西家其他幻獸的信賴，說亞蒙不羨慕諾爾的際遇是騙人的。

「奈西長什麼樣子呢？跟大家說的一樣金髮藍眼？」

他想像著奈西的容貌，雖然希望能用雙眼去見識這個世界，可是這不被允許。無論他對周遭有多好奇，永遠都只能憑觸摸、聲音、味道來感知一切事物。

但這個問題讓諾爾有些不解。

「你可以自己看。」這隻懶山羊完全忽略需要講很多話的選項，還要描述長相太麻煩了。

亞蒙無語了一會兒才回答：「我們石化蛇不能看自己的召喚師，這是規定。」

「你知道你的能力，對同性不起作用。你如果想看，奈西不會拒絕。」

見亞蒙陷入沉默，諾爾又補上一句：「束縛你的，不是規定，是你自己。」

亞蒙依舊糾結，而諾爾只覺莫名其妙。

怎麼這傢伙跟人類一樣，做一件事還得想這麼多？他猜想，亞蒙八成也是那種吃個晚餐要花很多時間考慮吃什麼，而且還擔心會不會發胖的類型。

因此他拍拍亞蒙的肩，不假思索地說出「安慰」的話語：「不要怕胖。」

亞蒙完全跟不上諾爾的邏輯，一副見鬼的表情。

諾爾彷彿方才什麼事都沒發生似的，淡定改口：「不要怕規定。」

亞蒙一時不知該說什麼了。他在宮廷打滾多年，見過形形色色的人和幻獸，就是沒見過像諾爾這麼特立獨行的傢伙。這隻魔羊有時思考模式異常跳脫，雖然已經成為魔族，但行為還是有如一隻白目山羊。

「我得回去了，還有事要忙。」亞蒙有些疲憊地嘆了口氣，說完，他似乎想到了什麼，盯向諾爾。

「怎？」

「我說……你那邊有沒有會飛的幻獸？或者是擅長抓人的？」亞蒙試探著問，他記得魔族以能力棘手出名，幻獸種類也包羅萬象。

諾爾點點頭。「都有。你要幹麼？」

「我要找幻獸……一隻小幻獸。」亞蒙頓了頓，覺得也沒什麼好隱瞞的，於是嘆口氣簡單解釋。「有隻鳥把我們神殿即將孵化的蛇蛋偷走了，你認識善於追鳥的幻獸嗎？」

聞言，諾爾抖了抖耳朵。

「咖啡色、差不多能供，一人乘坐的大鳥？蛋的直徑大概，一個手肘長？」

「對！」亞蒙的表情轉為驚愕。「你知道些什麼嗎？你看過？」

「有隻鳥帶著蛋，闖入我的家鄉。」諾爾面無表情地說。

「開什麼玩笑！你沒看錯吧？會不會是誤認？」亞蒙頓時失去冷靜，他抓住諾爾的雙肩，激動地問：「你家在哪？」

「艾爾狄亞。」

一聽到這個地名，亞蒙傻住了。他已經久未研究過幻獸界的各個領地，一時還真不知在哪。

說起來也不能怪他，畢竟石化蛇的居處十分特別，隨時都在移動，所以久而久之，他也不知自己現在身處何方了。意料之外的情報讓亞蒙瞬間有股衝動，想立即跟諾爾一起回去，但基於不能貿然行事，他還是決定先回家鄉確認艾爾狄亞的位置。

「我先請奈西讓我回去，下次召喚時你一定要在場，約好了。」亞蒙認真地丟下這句話，匆匆離開。

望著飛快遠去的亞蒙，諾爾蹙起眉頭，感覺自己似乎又牽扯進一件麻煩事，可是已經來不及拒絕了。

「芬里爾家終於願意滾了嗎？太好了。」

諾爾走進奈西的房間時，正巧看見烏德克一臉滿意的樣子，低頭啜了口茶，奈西則坐在烏德克對面，苦笑看著自家叔叔。

「關於如何破壞次元門，我們家留有一些紀錄，過去也有魔王召喚師生前就是負責此項任務，你可以去那間書房查查。」

「深淵裡應該也有不少具備相關經驗的老前輩，我找機會幫你打聽看看。」艾斯提語氣輕快地說，見諾爾走進來，他迅速拿出一組新茶具，並端出另一盤甜點放在奈西的茶杯旁。

諾爾滿意地坐到奈西身邊，整個人幾乎了貼上去。

毛茸茸的觸感令奈西輕笑出聲，他伸手摸了摸諾爾的耳朵，諾爾發出舒服的低哼。

「關於雷德狄的事，恐怕得拜託諾爾了。」

此話一出，原本一臉愉悅的諾爾立刻垂下嘴角，表情就好像嚐到了苦澀的黑巧克力甜點。

「我在艾爾狄亞，亞蒙好像還要跟我回家。」他有些嫌棄地說，語氣活像是亞蒙想騷擾他。

這時奈西才想起，方才亞蒙回幻獸界前特別囑託，下次召喚諾爾時一定要一併召喚他。得知諾爾有自己的事要忙，奈西打消了請諾爾協助的念頭，改口說：「那我請克羅安幫忙吧，我也會寫封信給雷德狄，希望他能答應。」

諾爾記得雷德狄守著次元門是爲了一個約定，連莉芙希斯都無法成功勸離這位魔王，要說服雷德狄恐怕不會那麼容易。無論如何，他只希望這項任務最後別落到他頭上。

「根據龍王的說法，如果要破壞次元門，很難不波及周遭，可是次元門的兩端都通往很重要的地方，該怎麼辦呢……要是動靜太大，宮廷的人肯定會發現，到時我們可能會被逮捕。」除了說服雷德狄以外，如何不影響周圍也讓奈西傷透腦筋。

「問佛洛看看。」諾爾提議。

「佛洛？」

「暗黑四天王之一，他來自，深淵德魯伊一族。」

「總覺得好像在哪裡看過這個名字……」奈西喃喃說。

「又是暗黑四天王？如果召喚時非得喊這個稱號，我拒絕召喚。」烏德克鐵青著臉。

「魔王德魯伊佛洛，他的召喚頭銜。」諾爾補充。

聞言，烏德克的神色稍稍和緩。身為魔族專家，他自然知道這名魔族的來歷。

「深淵德魯伊擅長輔助魔法，也擅長運用深淵的環境施法，可說是幻獸界的法師，確實可以詢問看看。」

「看樣子有很多事需要拜託克羅安呢。」奈西苦笑著說，他只希望忙碌的烏鴉王別生氣。

「我也可以去魔王城幫你們辦事。」艾斯提已經很有效率地拿出記事本塗塗寫寫。「現在我們要做的，一是尋求佛洛的幫助，找出不會影響周遭的方法，二是說服我們的魔王大人，不要再執著於那道門。」

話雖這麼說，烏德克卻瞄到艾斯提在記事本上寫的第一句話是「得到佛洛的契文」。

「……」

「好，之後就開始行動吧。」奈西偏了偏頭，露出期待的笑容。他看向諾爾，望著那雙綠色眼眸，他的心中充滿對未來的期盼。

他必須活下去，因爲他想守住承諾，和諾爾一起走向同樣的未來。所以，無論前路有多困難的考驗在等待，他都會想辦法克服。

一定沒問題的，因爲他們約定好了。

第五章

在奈西敲定計畫後，眾人便分頭執行自己的任務，艾斯提前往魔王城請教佛洛的意見，克羅安則負責說服雷德狄棄守次元門。

爲了找出破壞次元門的方法，奈西與烏德克一有時間就窩在家尋找相關文獻，這座歷史悠久的宅邸有許多藏書與記錄，即使是從小就喜愛閱讀的烏德克，至今也仍未把宅邸裡的書籍看完。

諾爾一開始還跟著幫忙，但他總是讀不到幾分鐘的書便昏昏欲睡，往往不出半小時，奈西就可以在附近看到一隻窩在書堆裡睡得香甜的山羊，因此哭笑不得。好在克羅安、伊娃、亞蒙也都願意協助，他們不會被枯燥的書籍催眠，也很樂意仔細讀過內容。

雖然在這項工作上出不了力，不過諾爾並沒有閒下來，原因無他，羊爺爺的尋蛋任務還在持續進行，而且多了一位幫手。

「我說諾爾啊，你帶我們來這裡做什麼？你確定偷蛋嫌犯會來這？」亞蒙狐疑地問，他們的所在地是艾爾狄亞山下的小村莊。

發現自家神殿正巧移動到艾爾狄亞附近後，亞蒙就和諾爾走了。他已經很久沒有離開過神殿，諾爾的家鄉讓他開了眼界，艾爾狄亞超乎想像的廣闊，而且經常走上半天也遇不見半隻幻獸。

他不討厭這個好山好水的地方，可是陽光太強烈，草原上又沒什麼遮蔽物，讓他這條喜歡潮溼陰暗的蛇有些不適。他不明白為何諾爾這隻魔族幻獸能在此地待得怡然自得。

「不然憑我們三個要找到啥時？多用點腦子想好不好。」霍格尼趁機毫不留情地挖苦。他早就看這條蛇不爽很久了，哪知道他們要找的東西正巧是從亞蒙家來的，連回幻獸界也要面對這傢伙。

「原來你有腦子啊，抱歉誤會你了。」亞蒙優雅地笑。「我還以為你連我們在幹麼都不知道呢。」

「你想打架是吧？來啊！老子怕你不成？早就看你們這山寨種族不順眼很久了！」

「看吧，一個不爽就想靠打架解決，能怪我認為你沒有腦子嗎？」

「我看你根本是打不過才——」

諾爾走在前面，淡定地忽略兩人的爭吵。他跟奈西不同，沒有當和事佬的習慣，比起思考如何阻止爭吵，他寧願去睡覺。

奇葩又吵鬧的三人組一進入村莊便引起其他居民的注意，不過居民們並不特別意外，畢竟諾爾在外地待了一年，有些奇怪的朋友也無可厚非。更何況，這裡是艾爾狄亞，原本就常有非畜牧型幻獸出沒。

諾爾等人會來到山下自然是有原因的。因為被召喚的關係，他們跟羊爺爺走散了。

艾爾狄亞如此廣闊，他們也無從找起，只好去山下的酒館問問有沒有人看見羊爺爺。如果羊爺爺找到了蛋，肯定會想辦法與他們聯絡，如今毫無音訊，多半是還在尋找當中。諾爾知道，羊爺爺若沒有成功救下無辜的小幻獸是不會善罷甘休的。

三人來到酒館前，諾爾推開門走了進去，兩獸跟隨在後。由於霍格尼很少來這，亞蒙更是生面孔，於是他們很快吸引了客人們的目光。

「喲，諾爾，好久不見啊，你的朋友越來越多元了。」酒館老闆打了聲招呼，繼續擦著酒杯。「那位蒙眼的幻獸是？新居民？」

「他路過，來找人。」諾爾在吧檯前坐下，霍格尼哼了一聲坐到他左邊，而亞蒙很有默契地坐到諾爾右邊。

「酒精的味道，還有這麼多聚在一起的恆溫幻獸……是酒館之類的地方嗎？」亞蒙有些好奇，試圖運用蛇的本能感受這個場所。

「你可以看。」

「饒了我吧，要是這裡有雌性幻獸，被石化了我可不負責……」

「終於被我逮到了，你果然在這裡！」一道語帶氣憤的高亢女聲驀地從酒館大門傳來，聽見這個聲音，諾爾一秒趴倒在桌上。

「跟她說我睡了。」

「……」

「你以爲我不知道你在裝睡嗎？給我起來！大美女都特地來找你了，裝睡也太失禮了吧！」來者正是赫拉克莉絲。她大步走到諾爾身旁，試圖把他從桌上拔起來，無奈諾爾就是隻酒館醉死山羊，整隻羊軟爛在那裡。

「你這次回艾爾狄亞難道不是爲了來接我，成爲我的指定幻獸嗎！」說著，克莉絲氣呼呼地看了看坐在諾爾左右兩側的霍格尼跟亞蒙。「你們不要光看不管啊，美女有難，作爲紳士不是該幫——」

她話說到一半便停了下來，痴痴地盯著亞蒙，彷彿被石化了一般。

「喂，諾爾，你的新朋友打哪來的呀？不介紹一下嗎？」

克莉絲的語氣既害羞又嬌媚，聞言，諾爾迅速回答：「魅惑之蛇亞蒙，奈西在宮廷，收服的幻獸。」

「魅惑之蛇……眞是合適的稱呼……」方才還氣得炸毛的金羊這會兒像隻被順毛的貓，著迷地打量著亞蒙。

霍格尼忍不住啐了一口。「這傢伙除了魅惑以外八成沒其他本事，從沒看過他幹掉哪隻幻獸。」

在亞蒙開口反駁前，克莉絲率先開罵：「說這什麼話啊，你這無腦肌肉男！這般俊美又危險的男人，他的魅力哪是你能了解的？」

「我要一杯啤酒。」諾爾的話音在雙方的爭吵聲中響起，既然克莉絲已經轉移目標，他也懶得繼續裝睡。

「幻獸要什麼魅力？在這弱肉強食的世界，實力才是一切好嗎！」

「真受不了這麼粗俗的男人，還好有這位美麗的小姐理解我的魅力。」

「順便給他們三個，各來一杯。」

「錢算在，霍格尼身上。」

「媽的你不要趁機把帳賴在別人頭上！」

被抓包的諾爾嘖了一聲，默默接過酒館老闆遞來的啤酒，若無其事地享用，彷彿剛才什麼事也沒發生。霍格尼罵了這句後，又忙著和亞蒙和克莉絲鬥嘴去了。

「最近有沒有人見到，受傷的幻獸？」諾爾無視周遭的混亂，自顧自地辦起正事。

「有幾位常客曾在山腰的森林地上見到一些血跡，也不知道是誰的。他們在附近搜索了一下有無需要幫忙的居民，但似乎沒有。」酒館老闆遺憾地搖搖頭。

「有見到羊爺爺？」

這時，一位客人剛好經過諾爾身後，隨口說了句：「羊爺爺？雞太太說她在收割稻田時見過羊爺爺，我還以爲雞太太眼花了呢。他眞的下山啦？」

這番話令諾爾陷入沉思。雞太太的家離酒館不算遠，走上一段時間就能抵達，但羊爺爺當時應該只是路過，即使他們去了那裡，也還是難以確定羊爺爺究竟往哪個方向走。他需要一個幫手，善於追蹤氣味的幫手。

「菲特納在哪？」

「菲特納？眞稀奇，那傢伙居然沒跟著克莉絲一起出現啊。」頓了頓，酒館老闆又涼涼地補充一句：「不過也可能是被我們的金羊小姐拋在後頭，或許等等就來了——」

「嗚嗚……別丟下我啦，克莉絲！」說狼狼就到，一名垂著獸耳的沮喪男子氣喘吁吁地推門而入，哭喪著臉喊。

他很快發現坐在吧檯前的諾爾一行人，狼耳頓時豎起，尾巴也跟著翹起來，打起了歡快的節奏。

「諾爾！好久不見啊，一聽到其他居民說你在這裡，我跟克莉絲就立刻趕來了，雖然克莉絲用飛的，所以比我快了點……」他的聲音轉爲哀怨，但尾巴依舊搖個不停。「眞高興你回來了，下次回來早點說一聲嘛，我跟克莉絲都會來接你的！」

「……克莉絲不用。」

「什麼意思！小心我另結新歡哦！」

「別找了啦，妳看上的男人都不怎麼好，會被騙的。」菲特納像被拋棄的舊愛一般苦苦相勸，殊不知這句話同時讓諾爾跟亞蒙中槍。

「我童叟無欺。」

「唉，長得太帥也是罪嗎……接連被兩個粗獷的男人攻擊，眞是傷心。」

「你說誰粗獷？我他媽最看不起你這種裝高尙的幻獸，要打就來啊！」

酒館老闆淡定地遞給菲特納一杯啤酒。身爲酒館老闆，他見識過比現在更加吵雜混亂的場面，也時常得處理酒醉鬧事的幻獸，這種狀況對他來說不算什麼。

「嗚嗚嗚……霍格尼，你說克莉絲是不是不要我了？萬一她跟那個蒙眼男走怎麼辦？他是肉食幻獸嗎？不會把她給吃了吧？」菲特納坐到霍格尼身旁，搭著霍格尼的肩，眼看克莉絲忙著黏住亞蒙，他一副天要塌下來的樣子。

霍格尼沒好氣地回應：「干我屁事，那女人要跟誰走是她的自由，比起吃了那隻金羊，我還比較擔心他會先把我們的召喚師吃了。」

「我可是教養良好的紳士呢，就算美食當前，只要主人不同意，我也不會開動的，跟某些粗鄙未經訓練的幻獸不同。」亞蒙優雅地喝了口啤酒。

「對嘛對嘛！那傢伙可粗魯了，當初還對我這個弱女子怒吼呢！」克莉絲緊挨著亞蒙，語氣有如找到同伴一樣興奮。

「草食幻獸最安全，而且還很溫馴。」諾爾若無其事地稱讚自己，此話一出，一龍一蛇馬上望向他，齊齊擺出懷疑的表情。

忽然，他們的上空浮現一道召喚陣，眾獸仰頭瞧去，頓時安靜下來。

過了幾秒，亞蒙輕嘆：「誰的召喚陣啊，認領一下吧？晾在那也不是辦法。」

一旦召喚陣開啟，幻獸跟召喚陣之間便會產生連結，所以他們從不會認錯召喚陣，也不會錯過。

「不是我。」諾爾飛快否認。

「少來了，就是你吧？別逃避現實了，幹活去。」霍格尼推了推諾爾。諾爾垂下嘴角，不太開心地喝了最後一口酒。

「怎麼回事？我不是召喚了嗎？人咧？魔族也太沒效率了！」召喚陣另一頭傳來抱怨聲，直到召喚陣開始縮小，諾爾才心不甘情不願地往上一躍。

想當然耳，諾爾又把召喚師的話當耳邊風，不管對方怎樣努力地驅動契文，罵他、使喚他，諾爾仍是文風不動，化爲大山羊妥妥地趴在地上。過沒多久，他便被氣急敗壞的召喚師送回來了。

在他回來後，眾人也喝得差不多了，諾爾把菲特納抓進尋蛋隊伍裡，一同上了山。

「要怎麼找啊？這地方那麼大，想找一隻鳥簡直大海撈針耶。」菲特納搔搔頭。

「找羊爺爺。」諾爾說，羊爺爺的搜尋進度肯定超前他們，因此找羊爺爺比較有效率。

「可以啊，你身上有羊爺爺的東西嗎？我聞聞。」

諾爾翻翻自己的衣袖，捻起一些黏在身上的咖啡羊毛交給菲特納。

菲特納聞了聞，接著化為大狼在草地嗅起來。很快，他發現了類似的味道，開始往森林裡走去。

「身為一匹狼，如果連隻羊都找不到的話就太遜了哦，我不跟這樣的狼搭檔。」克莉絲坐在菲特納背上，著迷似的望向走在後頭的諾爾跟亞蒙。「果然要選搭檔還是得選那種類型……」

「我眞受不了這花痴的女人，你怎麼能跟她搭檔這麼久？」霍格尼忍不住對菲特納說，他完全能體會諾爾不想跟克莉絲有太多瓜葛的心情。

「你說誰花痴！」

諾爾與亞蒙沉默地前行，望著晴朗的天空以及幻獸夥伴們，亞蒙不禁有些感概。

雖然被召喚的經驗十分豐富，但他還是第一次經歷這樣的情況。出身自瀕臨絕種的種族，他有太多必須遵守的規則，無論是在幻獸界還是人間界，都無法過著隨心所欲的生活。若非因爲這次的意外，他肯定無法像這樣跟一群種族各異的幻獸坐在酒館喝酒談天、出外冒險。

在這裡，他不需要看召喚師的臉色，也不需要在意其他幻獸的立場，大家都受召喚體制所束縛，沒什麼不同。

「我問你……」亞蒙對諾爾開口。「如果你被流放到邊疆，那裡的環境你完全不熟悉，也使你離自己的夢想更加遙遠，可是你卻發現那個地方意外地讓你感到舒心，這時該如何是好呢？你會選擇放棄縹緲的夢想，還是想辦法回頭踏上布滿荊棘的道路，繼續追求夢想？」

「我會待在，奈西身旁。」

「……」

在亞蒙以爲自己果然是對羊彈琴時，諾爾接著說：「這個世界，太複雜。我不想花太多時間，去思考對錯，所以我只選擇，我相信的人事物。奈西就是我的，選擇。不管未來會如何，只要我在他身邊，就好。」

聽著這番自白，亞蒙感到有些苦澀。諾爾是每個召喚師都渴求的幻獸，強大而忠誠，對主人一心一意。他也希望可以成爲像諾爾這樣的幻獸，可是他做不到，這不是誰都能做到的。

他有自己的夢想，有期望的未來與渴求的事物，他無法將整個獸生獻給誰。

「你如果苦惱，那先別想。像隻山羊般，放空腦袋。」

「……」

「或許過一段時間，你會想通，或者找到答案。」

望著一臉雲淡風輕的諾爾，亞蒙有點明白為何奈西家的幻獸都以諾爾的意見為主了。諾爾確實有種難以言喻的魅力，令人不自覺想依賴。

亞蒙再度抬頭看向白雲朵朵的藍天，嘆了口氣。

「也罷，就聽你的吧。」像是稍稍放下了重擔似的，他的嘴角勾起微笑。

「嗷嗚！味道越來越明顯了，羊爺爺肯定在這附近！」菲特納興奮地搖了搖尾巴，步伐加快，見狀，亞蒙跟諾爾也加緊腳步追了上去。

他們輾轉來到一片岩壁旁，遠遠便聽見爭執聲。

「既然那顆蛋不是你的，那麼快點乖乖交出來吧，那孩子多無辜啊……」

「你懂什麼！這顆蛋能為我主帶來莫大的好處，休想要我放手！」

「身為一隻幻獸，怎麼能幹獸口走私的勾當呢？你應該將心比心啊。」

「吵死了！」

一轉彎，諾爾看到羊爺爺站在一道岩壁的洞口前，苦口婆心地勸說著，可惜洞裡的那隻鳥非常固執，說什麼也不肯屈服。

「咦？諾爾你們來啦。」見到諾爾等人，羊爺爺嘆了口氣。「事情變得很棘手啊，那隻大鳥躲在狹窄的洞裡，我一靠近，大鳥就發出嘶吼聲，一副要攻擊我的樣子……唉，洞穴很小，我怕傷到蛋，所以只能守在這。」

「我看看。」諾爾推了推羊爺爺，從狹小的洞口擠了進去。

「我也去！」亞蒙急忙跟上。

洞穴裡漆黑異常，不過這種環境難不倒習慣在黑暗中行動的魔族諾爾，以及向來蒙著雙眼的亞蒙，他們很快在洞穴深處找到大鳥。

「滾開，這顆蛋已歸吾主所有，誰也別想搶！」如羊爺爺所說，大鳥發出尖吼，充滿敵意地張開雙翅。

「你才該滾開，偷走我們石化蛇的同胞會有怎樣的下場，你應該還不清楚吧？」亞蒙低語，他發出蛇類特有的嘶嘶聲，緩緩解下蒙住眼睛的布條。

銳利的雙目在黑暗中透出懾人光芒，直直盯向那隻鳥，獵食者特有的危險眼神瞬間令大鳥嚇得難以動彈。

「交出來……不要逼我說第二次。」亞蒙的聲音變得沙啞，怪物般的恐怖嗓音讓大鳥瑟瑟發抖，但即使如此，大鳥仍執意擋在蛋前，說什麼都不從。

「這是能改變吾主的幻獸！休想要我交出來！」

又是這種忠誠型幻獸。

亞蒙忽然覺得內心有股無處發洩的怒火升起。

「如果被你帶走，那條小蛇的命運也會被改變。」

「在這個弱肉強食的世界，沒有人會同情弱者！」大鳥惡狠狠地反駁，此時亞蒙的身影逐漸模糊不清，不出幾秒時間，他便消失了。

大鳥以為亞蒙使出了什麼技倆，慌張地拍起翅膀，隨即發現連自己的翅膀也看不見了，一切陷入伸手不見五指的黑暗中。

此時似乎有什麼東西飄過大鳥身旁，有如一綹輕煙般，很快在幾秒內飄散。隨著時間過去，那對銳利的雙目再度出現，但大鳥總覺得有那裡不對勁。

「準備受死了嗎？」帶著一絲愉悅笑意的聲音響起，身為獵食者的蛇男毫無顧忌地越靠越近，大鳥頓時慌了起來。

「你敢再過來一步，我就把蛋踩碎！敢殺我的話，這顆蛋也別想活！」

「你以為我怕嗎？看看你後頭，告訴我，你看見了什麼？」

大鳥猛然轉頭，瞪大了雙眼。

原本放著蛋的地方空無一物。

「哎呀，魔族真方便，神不知鬼不覺就把蛋摸走了。謝謝你啊，諾爾，小幻獸終於安全了。」洞穴外，羊爺爺欣喜地從諾爾手裡接過完好如初的蛋，像是抱嬰兒似的把蛋抱在懷裡，憐愛地摸了摸。「每隻小幻獸都是幻獸界未來的希望，要是有什麼閃失可就不好了。」

諾爾點點頭，好奇地打量著自己救下的蛋。這是他第一次看見蛇的蛋，跟鳥蛋不同，蛇蛋沒有堅硬的外殼，形狀也與鳥蛋有些差別。

「媽的，想到這顆蛋會孵出跟亞蒙差不多的東西，我就渾身起雞皮疙瘩。」霍格尼閃得遠遠的，無比嫌棄。

「第一次看到軟軟的蛋耶，好想摸摸看。」菲特納雙眼放光，狼尾搖個不停。

「你這傢伙這麼粗魯，一定會傷到蛋的，人家可是纖細的幻獸。」克莉絲沒好氣地說。

眾獸圍著羊爺爺觀察那顆蛋，忽然，羊爺爺低呼一聲。

「蛋好像在蠕動。」

蛋殼上出現一絲裂痕，一條小蛇在眾目睽睽之下奮力地從中擠出，先是冒出了嘴巴，接著是整顆頭。他扭著滑溜的身軀，笨拙地從蛋裡鑽出來，當他揚起頭時，第一眼看見的便是滿臉驚喜的羊爺爺。

像是找到媽媽一樣，小蛇開心地爬到羊爺爺身上，親暱地掛在肩膀。

「眞是個可愛的小傢伙。」羊爺爺呵呵笑著，摸了摸小蛇的頭。這條剛出生的小蛇睜著圓圓的、尙未具備殺傷力的雙眼，天眞地觀察這個世界。

「唉，我回來了。關鍵時刻那隻鳥居然被召喚，眞是太不巧了……」亞蒙疲憊地走出洞穴，重新蒙住眼睛的他一嗅到空氣中的氣味，便將頭轉向羊爺爺所在的地方，怔怔地問：「發生什麼事？那顆蛋……」

「孵化了，現在正纏在我肩上呢，你要摸嗎？」羊爺爺語帶笑意來到亞蒙身前，亞蒙有些猶豫地伸出手。小蛇似乎發現眼前這個人有種親切感，因此一顆頭湊了過去，好奇地聞著亞蒙的手指。

「看樣子很健康，也沒有受傷，眞是太好了。」雖然看不見，亞蒙依舊能憑其他感官確認小蛇平安無事。他鬆了口氣，摸摸小蛇。「小傢伙，你可要謝謝這群幻獸，要不是有他們，你的未來就慘了。」

當亞蒙說出這句話時，諾爾看見他的嘴角漾起溫柔的笑意。

能拯救自己的同胞，想必亞蒙是打從心底喜悅。

「好了，小傢伙，跟我回家吧。」亞蒙伸手想抓起待在羊爺爺肩上的小蛇，小蛇卻扭身躲開，整條纏住了羊爺爺的手，擺明不想乖乖就範。

亞蒙愣了愣，他是第一次遇到這種情況。

「別擔心，我想他不是討厭你，可能因爲是在我懷裡孵化的，所以他覺得待在我這邊比較安全。」羊爺爺笑著猜測。他低頭看看小蛇，語氣帶著期盼：「不如就讓他在艾爾狄亞生活吧？我會照顧他的，而且在這裡很安全，守護者會保護我們。」

「謝謝你的好意，但他可是石化蛇哦。」亞蒙苦笑。他覺得自己對山羊的認知可能需要調整，怎麼他認識的山羊一隻比一隻還膽大包天？「隨著年紀增長，石化蛇的力量會越來越強，放任一條不懂得收斂力量的石化蛇是很危險的。」

「我還以爲，他也會，上半身是人。」諾爾本以爲自己會看到迷你小蛇人。

「石化蛇蛻皮三次後，才會成爲像我這種半人半蛇的外形。」亞蒙搔著小蛇的下巴，小蛇親暱地蹭了蹭。

「我們這一族相當特殊，也有許多規矩，在他展開被召喚的獸生之前，有不少需要學習的東西。由同族來養育的話，他存活的機率會比較高，將來也會過得比較順利。」

「是呀，讓他回去吧。」出乎意料的，克莉絲出聲附和。她搭上羊爺爺的手臂，露出一如既往的燦爛微笑。「如果是菲特納那種隨便養都能活的種族就算了，但像我們這類瀕臨絕種的嬌貴生物，還是由同族養育比較好哦。」

身爲同樣瀕臨絕種的幻獸，金羊的勸說十分有效，羊爺爺打消了念頭，遺憾地再度摸摸小蛇。

「眞是可惜啊，才見面一下子就要跟你分開了。」儘管有些難過，羊爺爺仍是露出慈愛的笑容。「艾爾狄亞永遠是你的出生地，只要你想來，隨時都可以來哦。」

他輕柔地抓起小蛇，放到亞蒙手上。

小蛇看了看亞蒙，又看了看羊爺爺，似乎有點不知道該去誰身邊。亞蒙擁有與他相似的氣息，但羊爺爺又更讓他感覺安心。

亞蒙小心翼翼地將小蛇捧在手中，小蛇蜷成一團，朝他揚起頭，用那雙對一切充滿好奇的眼睛瞧著他。

「好了，小傢伙，我們走吧，大家都很期待和你見面。」他垂下目光，以虔誠的語氣說：「每條石化蛇的降生，都是蛇神的恩賜，必須好好栽培才行。」

似乎感受到亞蒙的真誠，小蛇不再猶豫，他伸長了身軀，蹭蹭羊爺爺的指尖，而後爬上亞蒙的肩頭。

亞蒙傾身向羊爺爺致意，接著走到空曠處，伸出手，低誦了幾句咒文。霎時狂風四起，一道門在他的面前開啟。

門的對面是座飄浮在空中的孤島，孤島上有一片迷你熱帶雨林，殘破的白色神殿矗立在其中，幾名跟亞蒙一樣蒙住雙眼的石化蛇在殿內休憩，還有一條十幾公尺長的大蛇趴在神殿上，抬頭仰望亞蒙的傳送門。

「謝謝你們的幫忙，我先走一步了。有空我會帶這個小傢伙……有空我們會來這裡玩的。」

說完，亞蒙微微點個頭，踏入門裡，門很快地消失不見。

「可惜這麼迷人的帥哥有自己的家要回……」克莉絲正惋惜著，隨即靈光一閃。

「對呀，他也是奈西的幻獸不是嗎？以後叫奈西常召喚我跟他出來就沒問題了！」想到能在人類的世界相會，克莉絲頓時開起小花，滿面春風。

「那條蛇看起來對妳沒興趣，放棄啦……」

「吵死了！我們都屬於瀕臨絕種的種族，只要多跟我聊聊，他一定會被我迷倒的！」

「事情解決了吧？那老子要回家睡覺了，這次誰也別來煩我！」霍格尼掏了掏耳朵，不屑地看了眼發花痴的克莉絲與哭喪著臉的菲特納，化為龍形飛上天空，往山頂而去。

送走小幻獸的羊爺爺靜靜望著方才亞蒙離去的地方，表情有些失落。見狀，諾爾湊上前，蹭了蹭他的肩膀。

「走，都下山了，跟我回，那座山坡。」

羊爺爺佇立在原地，不知該如何是好。

「大家都在那裡，等著見你，最後一面。」

聞言，羊爺爺的眼神轉為疑惑。注視著地上被遺留下來的蛇蛋殘骸，思索許久後，他終於點點頭。

「是呢，當年離開得太突然了，可以的話，我也想好好跟他們說再見。」

諾爾高興地化爲大山羊，又一次蹭蹭羊爺爺，羊爺爺低笑出聲，化爲白襪山羊，與克莉絲和菲特納道別。

「走吧，回到那座山坡。」

* * *

充滿回憶的山坡距離不遠，兩隻山羊在山間奔跑一陣後便抵達了。

遠遠看見被棄置的小教室，只消一眼，羊爺爺的心中就湧上許多懷念。在那段單純無憂的金色歲月裡，他總會在課餘時間帶著小幻獸們在山坡上唱歌玩耍，如今那裡卻早已沒有孩子們的身影。

思及此處，羊爺爺悲從中來，不自覺地停下腳步。但諾爾在後頭推了推他，讓他不得不繼續前進。

邁著沉重的步伐踏上山坡，羊爺爺突然發覺有些不對。

「諾爾啊……山坡是不是混雜了其他顏色？」他瞇了瞇眼，由於年邁的關係，他的視力已經不再像年輕時那般良好。

「去看，就知道。」

溫暖的微風吹來，清新的芳香沁入鼻腔，聞到這個不熟悉的新鮮香氣，羊爺爺忍不住加快腳步。

爬上山坡頂端，眼前的景象讓他睜大了眼睛。

翠色欲滴的山坡上，無數純白的蒲公英絨球在陽光下搖曳，猶如一枚枚散發光芒的晶瑩雪花。當宜人的風從草地輕柔拂過時，蒲公英種子紛紛飛上天空，在空中輕盈飄舞。

羊爺爺化爲人形，目光追隨著滿天的蒲公英種子。他伸出手，有些茫然地開口：「這裡……什麼時候……」

「托比說，今年出現的。」

兩人漫步在蒲公英之海中，越過已經爬滿藤蔓的小教室，走到了當年埋葬小幻獸們的大樹前。在那棵大樹下，蒲公英生長得尤其茂盛，這幅情景使得羊爺爺熱淚盈眶。

他跪了下來，像是想捧住什麼似的攤開掌心，臉頰流下兩行清淚。

「是嗎……你們準備離開這裡了啊……」當他顫抖著聲音說出這句話時，幾枚蒲公英種子飄至他的手中。「化爲漂亮的蒲公英了呢，眞是聰明的選擇啊……蒲公英種子可以飛得很遠很遠，一直到幻獸界的各個角落。」

他垂下眼簾，含淚綻開笑容。「去哪裡都沒有關係，只要你們能在這個世界上幸福地綻放就好了。」

一枚淘氣的蒲公英種子落在諾爾的肩膀，諾爾偏頭一瞧，種子又被風吹得翩翩飛上了高空。

望著滿天飛舞的蒲公英種子，諾爾的嘴角微微上揚。

「謝謝你帶我來這裡，諾爾。」羊爺爺依依不捨地站起身，他的眼眶泛紅，臉上卻掛著滿足的笑。

諾爾點點頭，見羊爺爺如此感動，他覺得這次的歸鄉之旅值得了。

兩人漫步在山坡上，幸福的氛圍包圍了整片草原。在經過一段愜意的安靜時光後，羊爺爺開口了。

「我想了想……最後打算這麼做，我想你不會反對吧？」他看著諾爾，露出淡淡的笑容。「我想回到這裡，諾爾。」

「嗯。」諾爾開心地蹭了蹭羊爺爺。

「歡迎回家。」

第六章

「我們幻獸，相信自然界一草一木的存在，皆有其，意義。我們是，幻獸界的子民，也包含在，幻獸界的循環之中。死去的幻獸會成爲大地的一分子，孕育出新生命。」說著，諾爾閉上眼睛。

「肉體會死去，意志會留下。幻獸界，是他們仍在這世上，與我們一同活著的證明。一段生命結束，也代表，另一段生命誕生，爲了過去的羈絆，爲了將來的邂逅，我們寧可，簽下召喚條約，也不願讓出領土。」

他想到在遺忘森林誕生，最終成爲魔王引領大家忘卻痛苦的雷德狄；想到始終爲幻獸們的福祉著想，要求他們破壞次元門的莉芙希斯；想到用柔和目光凝視新生小蛇的亞蒙；想到在大樹下笑著哭泣的羊爺爺。

這一切的一切，都是幻獸們最眞誠的信仰。爲了守住這個溫柔而悲傷的世界，他們願意付出任何代價。

「原來如此。」坐在他身旁的奈西面露眞摯笑容，諾爾知道，當奈西露出這樣的笑容時，便代表非常喜歡某樣事物。

每次諾爾講起幻獸的故事，奈西總是雙眼閃閃發亮，豎耳傾聽，並在聽完後滿足地瞇起眼。

「那時龍王提出要破壞最後一道次元門，我心中其實有點不捨。」奈西看著桌上滿滿的書籍。「我覺得次元門是讓人類與幻獸邁向和平的橋梁，只要它還在，說不定有一天我們能像鄰居一樣，往來彼此的世界。但是聽了你的故事後，我多少能理解莉芙希斯的心情了，如果不把次元門破壞掉，雙方之間就不會有和平共處的未來。謝謝你讓我明白這個道理，諾爾。」

諾爾點點頭。之後，奈西拿起桌上的書，更加認眞地研讀，諾爾也以自己的方式幫助奈西——那就是坐在一旁無所事事。

他覺得自己只要毛茸茸地待在旁邊發呆，便足夠療癒人心，他可以在奈西讀書讀到煩悶時，讓奈西抱一下補充動力。

由於沒什麼事可做，他盯著奈西的側臉，默默觀察起來。

歷經四年的時光，奈西已經與以前有很大的不同，原本那個任人欺凌、畏首畏尾的孩子逐漸長大，成爲了一個能夠肩負起整個家族，強大而堅定的召喚師。

由於是被幻獸養大的，讓奈西總是可以從與其他人類不同的角度看待幻獸們，這樣的態度吸引了來自不同環境的各種幻獸夥伴。有被人類背叛過，憎恨著人類的；有被人類奴役，抑鬱不得志的；有在奈西的疼愛中幸福成長，成功蛻變的；更有因爲奈西，而終於找回生存意志的。

因為有這些幻獸陪伴，使奈西得以更深入地了解幻獸方的立場，父親烏利爾的故事，也讓奈西認真去思考如何化解人類與幻獸間的矛盾。這顆充滿包容與善良的心，終究打動了龍王，促成了交易。

奈西或許不是最聰明或者最強大的召喚師，卻是最有同理心的召喚師。光是憑這點，諾爾就覺得奈西比任何召喚師都來得好。

「諾爾？」

察覺到諾爾的目光，奈西疑惑地扭頭，說時遲那時快，這隻懶洋洋的黑羊往他身上一倒。

「哇啊！」他嚇了一跳，連忙把書本移開避免諾爾撞到，而諾爾已經將頭舒服地枕在他的大腿上。

「諾爾……」奈西既無奈又好笑地低喊。

「我在幫你補充，治癒泉源。摸一下，會更有效果。」

聞言，奈西認命地把書放到一旁，為諾爾提供摸頭及揉耳朵的服務。

「眞拿你沒辦法，只能一下哦……」

諾爾舒服地瞇起眼睛，享受久違的摸摸時光，不久卻聽見一陣拍翅聲，一團白色物體從陽臺飛了進來。

諾爾很快看清那東西的面貌，是烏鴉王克羅安。克羅安落到奈西的書堆上，有些埋怨地看著諾爾。

「你這傢伙不幫忙就算了，還妨礙別人工作，快給我起來！」克羅安翅膀一拍，飛到諾爾臉上啄他的臉。

諾爾不滿地低哼，心不甘情不願地起身。

見克羅安來監督進度，奈西不敢怠慢，連忙重新翻開書。

「我去探查過了，自從上次被你們大鬧一場後，宮廷便命令幻獸架起結界，現在連一隻鳥都闖不進去。」克羅安臭著臉說。「你們要潛入宮廷，只能靠勒格安斯了。」

「這沒問題，我比較困擾的是……呃。」像是承認這件事很羞恥似的，奈西紅了臉，尷尬地把手上的書本攤開給克羅安看。「我看不懂破壞次元門的方法。」

他以爲既然祖先們做得到，他應該也行，但實際去了解後，他才發現事情比想像中困難許多，破壞次元門的方法竟涉及陣學。看著完全陌生的召喚陣，奈西整個人都不好了，陣學一直是他不擅長的科目。

「而且書上提到，最後要拿魔杖敲召喚陣……」他困擾地搔搔頭。「就是那種揮一揮會有光芒出現，還會冒出火花的神奇法器吧？可那是只有傳說中的大魔法師貝卡才擁有的東西。」

克羅安聽了，立刻露出非常鄙視的眼神，奈西別開目光，一副心虛的樣子，顯然覺得自己問了什麼不該問的。

「你們人類還眞的把召喚以外的魔法都捨棄了，如今連魔杖是什麼都不曉得。」克羅安鄙夷地說。「聽好了，魔杖不是什麼傳說中的法器，只是被你們拋棄的輔助工具。魔杖的功用是精煉魔法師所輸出的魔力，使魔法能更穩定地施展。那個叫什麼貝卡的魔法師之所以使用魔杖，只是因爲那個年代召喚術不夠純熟，他的召喚陣得自己畫、契文得自己寫，哪像你們這麼幸福，什麼都用現成的。」

這番話令奈西臉更紅了，他羞愧地低下頭，吞吞吐吐地說：「學、學校沒教……所以我不知道這件事……」

見奈西連耳根都紅了，諾爾摸摸他的頭，出言安慰：「不是你的錯，是寫書的人，偷懶沒寫。」

「對了，我說過嗎？以前很多人召喚時都會拿山羊獻祭。」克羅安毫不留情地補上一句。

「……」

「不過只是早期，現在召喚術發展成熟，召喚什麼幻獸該獻祭什麼，召喚系統都規劃得清清楚楚。」克羅安看向奈西，語氣變得有些嚴肅：「這就是召喚，不，世界的法則。奈西，有生就有死，有付出才有召喚，破壞次元門也一樣，在實行之前，你一定要弄懂整個脈絡。」

奈西也不由得正色，他點點頭，把書本闔起。

「如果魔杖並不是傳說中的法器，也許我們家會有？我記得宅邸裡有個地下室，烏德克說是用來存放雜物的。」奈西邊說邊站起身。下一秒，他感覺自己的魔力好像瞬間流失了一點，一個召喚陣隨即在他面前開啟，粉色妖精從裡面竄了出來。

「奈西西！人家來找你玩了！」伊娃二話不說朝奈西撲抱過去，由於此刻的伊娃是普通人類的體型，被這麼一撲，毫無準備的奈西頓時站立不穩，跌坐回沙發上。

「伊娃……」奈西有些好笑又無奈地喊了聲，他家幻獸論撒嬌一個比一個還自動，不過他並不討厭。

他摸了摸伊娃柔順的長髮，感受著少女特有的清香。伊娃身上有股能令人放鬆心神的甜甜香氣，又是他最親密的夥伴之一，所以每當伊娃在身邊時，奈西總是相當平靜和滿足。

不過發現諾爾也在後，伊娃便放開奈西，開心地高喊著諾爾的名字撲去，同時轉眼變成巴掌大小的迷你妖精，落到了諾爾的頭上，興高采烈地調整好位子。

「今天沒人跟我搶特等席，嘿嘿！」

克羅安難以理解似的盯著伊娃，而後拉回正題。「走，事不宜遲，去地下室。」

「地下室？」

在路上，奈西向伊娃解釋了前往地下室的原因，提到魔杖時，他的耳根再度微微泛紅。對於自己身爲菁英召喚學院的學生，卻對魔杖幾乎不了解這一點，奈西似乎十分介意。

爲了探索地下室，奈西特地帶上插了蠟燭的燭臺，也給了諾爾一盞燭臺。雖然在席爾尼斯宅邸住了好一陣子，幾乎每個房間都看過了，但奈西還是第一次去地下室。

打開通往地下室的門，只見一道長長的階梯延伸至黑暗中，在奈西邁步之前，諾爾自動自發地擠過他，先踏下階梯。

看著那高大的背影，奈西安心了些，默默跟在後頭，兩人很快走到最底下。

「這地方比想像中還大……」奈西用燭光隨手一照，見到一個個堆滿雜物的架子隱沒在黑暗裡，角落也堆疊了好幾個箱子。

確認地下室沒有異狀後，諾爾跟伊娃便分頭搜索起來。

諾爾覺得這裡頗有親切感，他可以隱約感受到魔族之氣，很可能有來自深淵的物品存放於此。畢竟勇者與魔族相處了近千年，有彼此世界的東西也不稀奇。

「姆，這裡好陰森……」不過對於非魔族的伊娃來說，她感覺到的只有這裡比其他地方要來得陰森。

諾爾伸出食指摸摸她的頭安撫，在他收回手時，伊娃抱住他的指頭，順勢溜了下來。

「羊羊諾爾，那個被白布蓋住的東西是什麼呀？會不會是鬼鬼？」

「應該不是。這年頭，連鬼都要召喚才有。」諾爾順著伊娃所指的方向看去，確實有個被白布覆蓋的長方形物體，他走上前，毫不猶豫地一把扯掉白布。

白布下是一幅畫，畫面中有一名看似非凡的魔族。

這名魔族擁有濃密蓬鬆的褐色獸毛，是以雙腳站立的毛獸人，他穿著黑色重鎧，背對畫面，凜然佇立在沙場上，側頭注視倒臥在地的敵人。那略顯殘破的深色厚重斗篷在風中飛揚，手裡沾染鮮血的巨劍散發出冷冽寒光，毛獸人渾身充滿萬夫莫敵的氣勢，猶如猛虎出閘一般懾人。

雖然只露出側臉，不過這隻幻獸的表情顯然非常沉重，甚至隱含痛苦。諾爾捧起畫，不知怎麼地有種想把畫帶離地下室的衝動。

雖然不清楚這名魔族的身分，但應該是某個時代的英雄，待在陰暗的地下室有點委屈了。

「姆姆？諾爾，你要帶走？」

諾爾點頭，自動自發地把畫塞進自己的亞空間。大概是和勒格安斯相處太久，他也越來越習慣隨手打包別人的東西，所謂交友要愼選對象大概就是這麼回事。

「諾爾、伊娃，你們快來看！」奈西興奮的聲音吸引了一羊一蝶的注意。

他們返回奈西身邊，只見少年頭戴頂端呈尖錐狀的寬邊黑帽，表情像見到新奇玩具的孩子般興奮。

「克羅安說這是早期魔法師專用的帽子！沒想到我們家居然有！」

克羅安站在奈西肩上，眼神彷彿瞧著鄉下土包子。

「有機會眞想見見其他派系的魔法師啊，像大魔法師貝卡那樣，隨手一揮就能揮出一團火焰、讓天上下起雨來，眞的很威風呢。」奈西有些感嘆。儘管居住在繁榮的召喚師之國，但關於其他派系的魔法文獻依舊難以獲得，幾乎只能透過神話故事得知片段。

奈西自然曉得其他派系的魔法消失的原因，當召喚師只需要花一秒便能召喚出具備千年歷練的魔法師幻獸時，還有誰要學魔法？

召喚之外的魔法，早已被這個國家當成落伍的知識捨棄，這令奈西覺得很可惜。

「你如果眞的這麼想見魔法師，可以召喚我的同事佛洛，雖然他在幻獸界被稱作德魯伊，不過在你們人類眼裡看來，他等於是個用黑魔法的魔法師。」

「S級呢，還要好久啊。」奈西嘆息一聲，他成爲A級召喚師才不到一年，還有一段很長的路要走。

他奮力從角落拖出一個木箱，頭上的帽子就是從這個箱子翻出來的，他猜想裡面應該也會有魔杖。然而，他和諾爾都把箱子翻到見底了，弄得灰頭土臉，依舊不見魔杖的蹤影。

「如果這裡找不到，不如考慮跟佛洛借一把。雖然魔族的魔杖是爲魔族量身打造，人類使用可能會出問題，不過總比沒有好。」克羅安提議，但他發覺奈西並沒有在聽，而是全副心神專注在方才從箱子裡找出的古書上。

「這本書好像有記載破壞次元門的方法。」奈西藉著蠟燭微弱的光芒仔細閱讀著，「這個召喚陣和我之前在其他書上看過的一樣，而且說明似乎還更詳細……」

麻煩的是，這本古書年代久遠，又保存不良，許多地方不是缺頁就是字跡模糊，讓奈西讀起來十分吃力。

「……戰俘？」讀著讀著，他看到了一個令人在意的字詞，偏偏下一頁剛好缺頁。

有些不安的奈西正想開口說出自己的發現，這時伊娃驚呼一聲。

「奈西西，是這個嗎！」不知何時變回人類大小的伊娃滿臉興奮，拿著一根幾乎跟她的身高一樣長的長杖。

原來，確認箱子裡沒有魔杖後，伊娃便四下搜索，很快注意到不遠處有根長杖靠在角落。

這根木製長杖頂端鑲著一顆水晶，即使表面布滿灰塵，還是能隱約看見水晶內閃耀著魔力靈光。

奈西接過魔杖端詳，他擦去水晶表面的灰塵，出神地凝視裡面所蘊含的光芒。

「就是這個沒錯了，奈西，注入魔力到杖裡。」克羅安指示。

奈西回過神，深吸一口氣，緩緩輸出魔力。他感覺手中的魔杖在發熱，杖頂水晶的光芒也越發明亮，照耀著在場所有人的身影。

諾爾點點頭，率先發表感想：「比蠟燭好用。」

「別說得好像我們是來找照明用具一樣！」克羅安第一時間惱怒地吐槽。

「魔法師眞是太帥了……」奈西的語氣流露出崇拜，他雙眼放光，像個看見滿櫥窗糖果的孩子。

他覺得自己威風得有如當年的大魔法師貝卡，於是忍不住在黑暗中揮了幾下魔杖，隨後興奮不已地高舉魔杖，照亮整個室內。

「說不定等等我揮一揮，就會有一團火球出現，屋內還會下雪！你們說對不對——咳咳。」奈西雀躍地看向諾爾等人，但被克羅安鄙視地一瞥後，他尷尬地咳了幾聲，連忙努力讓自己冷靜下來。

「我、我們出去吧……」他快步走向樓梯，經過諾爾身邊時，諾爾在魔杖的光芒下瞧見，奈西的耳根都泛紅了。

他們回到明亮的一樓，走在長廊上，艾斯提迎面而來。見奈西一手抱著書，一手拿著魔杖，艾斯提不禁揶揄：「奈西啊，你打算轉行當魔法師了嗎？要修哪種魔法？我覺得黑魔法挺適合你的，看你一臉爲難地詛咒別人應該挺有趣。」

「……」

「諾爾也在啊，你事情辦完了嗎？要不要跟我一起回家？最近老是聽佛洛閣下嚷嚷著『這事應該交給諾爾來辦呢』，也不知是什麼事。」

「……」

「對，這件事應該交給諾爾來辦！」像是下課前被學生提醒還有人沒交作業的老師，克羅安忽然想起什麼，迅速飛至諾爾面前，開始叨唸：「你的假期夠長了，該回來了，事關奈西的命運，你這傢伙可不能一點忙都不幫。」

「我有幫。」諾爾哀怨地說，他至少有在一旁負責療癒奈西。

「我沒看到！你只有爽爽回家鄉度假、要人家摸你而已！」克羅安氣得想啄諾爾。「給我回來，魔王城遭遇的麻煩，你也有義務協助處理！」

雖然心不甘情不願，但關係到奈西的未來，諾爾不能、也不會拒絕出力。只要是和奈西有關的事，無論多麻煩他都會去面對。

正巧他的返鄉之旅也告一段落了，羊爺爺短時間內應該不會有問題，他可以等破壞次元門的任務結束後再回去探望。

「好吧。」他點點頭，還來不及說第二句話，便被一隻硬梆梆的手捉住。

「事不宜遲，立刻出發！佛洛閣下肯定很高興見到你的！」深知諾爾個性的艾斯提抓緊時機，在自己背後開啟了召喚陣，不讓諾爾有任何反悔機會地硬把這隻羊拖進深淵。

諾爾轉瞬消失在眼前，令奈西呆愣在原地。在他回過神後，克羅安也以要回魔王城監督諾爾爲由告別。

奈西猜想，下次召喚諾爾時，恐怕得花很多時間安撫諾爾受創的心靈了。他忍不住露出一絲無奈而寵溺的笑，決定下回在召喚諾爾前先備好甜點。

「走吧，我們回房間看書。」他摸摸伊娃的頭。

由於近日都在研究次元門，奈西臥房的書桌上擺滿了書籍。找出破壞次元門的方法比預想中艱難，因爲早在幾百年前，破壞次元門的行動便宣告結束，相關文獻搜尋起來相對困難，而且那些歷史悠久的書籍裡，許多知識和概念都與現代有落差，他需要花費不少時間理解。

「我剛才在地下室發現一本書，內容很讓人在意。」奈西把書桌清出空位，將那本書在桌面攤開，翻到其中一頁。

「這邊寫著『戰俘』這個詞，但接下來的字糊掉了，妳能看清楚嗎？」他的指尖指著戰俘一詞所在的位置，原本待在他肩上的伊娃飛下來，跪在書頁仔細查看。

她用纖細的小手輕輕刮去灰塵，皺眉思索了一下，接著從懷裡掏出一枝小小的筆，朝明顯殘留下黑色字跡的地方塗了塗。

「這樣呢？」塗塗抹抹了半晌，伊娃站起身，頗爲滿意地瞧著自己的傑作。雖然字詞依舊不夠清晰完整，不過至少比原本好多了。

「嗯，謝謝妳，比較能夠辨識了，我看看……」奈西瞇起眼睛，仔細推敲。

「這個字應該是……嗯……我想，應該是指『死刑犯』。」

唸出這個詞的瞬間，奈西愣住了。

他請伊娃把其他字也修補起來，逐漸讀出一段說明，除了破壞次元門的方法，說明的最後還附上一段咒文。

「召喚術源頭之門，應以召喚術原理閉之。」奈西顫抖著聲音，低低地一字一句念出。「召喚師需獻上與其同族之祭品，置於召喚陣上，獻予另一個世界。切記，祭品將……」

他翻到下一頁，字句終於是清晰的。

「永遠成爲該界的奴僕，永生永世不得回歸人間界。」

一陣寒意從腳底竄至心頭，整個世界晃了起來，強烈的暈眩令奈西無法再讀進任何一字。

他只是想擺脫魔王召喚師的宿命，安安穩穩地活下去，沒想到，這個願望竟會導致他落入必須犧牲另一人的窘境。

祭品召喚術，這在早期是很常見的召喚術。獻上祭品，請求強大的幻獸實現自己的願望，這種召喚形式至今依然存在，例如芬里爾一家爲了獲得龍王的庇護，獻出了整個家族，而某些特殊召喚甚至需要犧牲祭品，例如召喚魔王。

破壞次元門的方式也屬於祭品召喚術。

施術者得用自己的同類召喚幻獸界的意志，請求那份意志將門破壞。

這麼一來，奈西也明白了前面出現的「戰俘」一詞代表著什麼。顯然，過去席爾尼斯家協助召喚協會破壞次元門時，是由王族負責提供罪犯或戰俘當作祭品。

現在，奈西打算破壞的次元門正是王族刻意留下的，他自然不可能從王族那裡要到祭品，即使眞的要到了，奈西也難以接受這種做法。

必須犧牲誰才能活下來，這是他想都沒想過的。雖然說明中並未提及祭品會死亡，然而進入幻獸界的人類很少能存活，畢竟那裡不受契文拘束。就算有忠心的幻獸願意保護該名人類，一旦讓其他幻獸知道有人類出現，也很難不引來麻煩。

闖入幻獸界的人類就像一頓鮮美的大餐，所謂的獻祭無疑是把手無縛雞之力的羔羊扔進充滿猛獸的籠子裡，這令奈西良心十分不安。

「奈西西……」伊娃擔憂地看著他。

奈西呆愣了好一陣，直到回過神後，他整個人仍在微微發抖，最後將臉埋在掌心中，久久不語。

「伊娃，妳說我活下來，會不會眞的是個錯誤？」奈西的聲音略帶哽咽。「爸爸媽媽爲了讓我活命而相繼犧牲，烏德克也因爲我變得不幸。好不容易活到現在，如果想繼續生存下去，又得再犧牲一個人……」

「絕對沒有這回事！」伊娃激動地反駁，她化爲人類大小，傾身抱住奈西。

感覺到伊娃那透過擁抱傳來的溫暖，以及沁入鼻尖的熟悉香氣，奈西不自覺熱淚盈眶。

「奈西西活下來才不是錯誤。因爲你，許多幻獸才能得救，你讓伊娃過得很幸福，也拯救了羊羊諾爾跟霍格尼尼。伊萊萊不也因爲你，成爲了一個替人著想的好召喚師嗎？一定還有其他辦法的。」

「不可能的……其他文獻裡也提及必須先畫這個召喚陣，種種資料綜合起來，都指向這個召喚術。如果不犧牲別人，我就得犧牲自己，召喚魔王。」

「奈西西有其他選擇。」伊娃否定這個看法，她抱緊奈西，語氣堅決：「如果這個世界不容許奈西西活著，那奈西西就跟我們走。妖精之國會善待奈西西，深淵也會歡迎你的。」

「伊娃……」

伊娃真摯的話語傳達到了奈西心中，他輕輕回抱伊娃，深深感覺自己被幻獸們愛著。

他是個笨拙的人，又容易感到挫折，但他的幻獸都對他相當包容，無論未來有多艱險都不離不棄，甚至願意打開自家大門接納他。

伊娃的提議確實是個選擇，可是若真的去了幻獸界，就等於徹底告別人間界，也得告別他那個逐漸清晰的夢想。

再加上，如果他前往幻獸界，伊娃將會回歸無主狀態，一想到她有可能被艾琳娜那類的召喚師，或是覬覦她的王族召喚，奈西便無法安心。他知道伊娃並不弱小，也經歷過任人召喚的時期，然而這個可能性依舊使他痛苦。

這個世界上沒有絕對完美的解答，他必須犧牲什麼，才能走向未來。

第七章

「不覺得你的新召喚師和我們很像嗎，亞蒙？」

「哦？怎麼說？」

「我們是瀕臨絕種的種族，他則來自即將滅亡的家族，而且跟我們一樣，人生都受人擺布。聽你說了魔王召喚師的遭遇後，總覺得他們也挺慘的，比起被當成祭品，被人使喚好像還好一點。」

「對啊，所以你也不用太消沉，雖然離開了宮廷，不過這個召喚師應該和你合得來。在這個時代，可以遇到善待幻獸的召喚師就很不錯了。」

「這一次能找回小蛇，不也是受那個召喚師的幻獸幫忙？有好心的幻獸同伴，還有體貼幻獸的召喚師，這樣的機運可不是人人都享受得到。雖然我明白你有你的抱負……但是，在這樣的時代，那個夢想幾乎是遙不可及，有個安身之處就很不錯了。」

「安身之處……嗎？」亞蒙低喃。

正如他的同族所說，奈西身旁確實是個安身之處，他不用爲複雜的政治情勢煩憂，也沒什麼艱難的任務要執行，這對石化蛇一族來說十分難得。

可是越是了解奈西以及奈西所擁有的幻獸們，他便越是難以心安理得地接受這一切。

因爲，是他把那孩子推上了不歸路。

當他知道奈西想擺脫魔王召喚師的宿命時，第一個想到的就是次元門。他迅速評估了一下，認爲預想中的方法可行，便開始爲奈西分析局勢，誘導少年一步步走向選擇破壞次元門這條路。

他和莉芙希斯一樣，恨透了那道門。

對他而言，次元門才不是什麼人類與幻獸之間的橋梁，那只是個時時刻刻提醒他們幻獸是俘虜、讓幻獸感到屈辱的存在。

只要次元門存在一天，人類就一天有可能再度入侵幻獸界，奪走一切。

所以，他從沒考慮過奈西是否有其他辦法能擺脫宿命，他只想利用這個機會，讓奈西去破壞那道門。

如今已經沒有王族會召喚他了，不抓緊這個機會不行。亞蒙是這麼想的。

但是經過一次又一次的相處，他發現奈西跟他想像的越來越不同。雖然看似好欺負、沒什麼主見的樣子，但奈西意外地有自己的想法，與莉芙希斯談判時的表現也令他印象深刻。

奈西是個有同理心的少年。這孩子正逐漸成長爲一個優秀的召喚師，而這份同理心將會讓奈西達到他人所不能企及的高度，更別提還有諾爾這樣的幻獸在奈西身邊。諾爾同樣前途無量，成爲S級只是遲早的事。

無論是奈西還是諾爾，都與亞蒙原本以爲的不一樣。奈西讓他明白，幻獸也能因爲召喚而得到幸福，諾爾則讓他知道，即便身爲人類的奴僕，幻獸也能選擇放下仇恨與悲傷，擁抱單純美好的生活。

他們用行動令他對召喚體制改觀，而他卻利用他們去完成自己做不到的事。

思及此處，亞蒙感覺有些苦澀。長年待在宮廷，欺瞞、利用、背刺之類的事，他做的可多了，但前提是，那些都是他的工作。他只是遵從召喚師的命令，運用自己的能力來達成任務，而且他通常不在乎那些宮廷召喚師，像公主或奈西這樣的召喚師實在太少，多數召喚師都不值得同情。

可是這一次不是爲了工作，他單純是爲一己之私，選擇利用自己的召喚師、利用同伴。

罪惡感猶如糾結成網的藤蔓一般，攀上亞蒙的心頭，正當他思考著下次見到奈西該怎麼辦時，召喚陣在他眼前開啟了。召喚陣另一頭飄來特別的香氣，他低低嘆息一聲，跳進了門中。

透過從陽臺吹來的溼冷微風，亞蒙可以推測此刻應該是深夜。奈西就站在他面前，不過以往當他跳出召喚陣時，奈西都會用帶著笑意的溫柔聲音向他問好，然而這次他等了一會兒，卻遲遲等不到對方開口。

亞蒙只好率先傾身鞠躬，試著讓自己的語氣像往日那般輕快：「魅惑之蛇亞蒙任您差遣。說吧，這一次您要我做什麼呢？」

「這一次……」奈西無精打采地出聲，像一朵了無生氣的乾枯花朵。「可以說個故事給我聽嗎？我想聽幻獸的故事。」

亞蒙記得諾爾提過，奈西非常喜歡聽幻獸界的故事，不管是什麼類型的故事都感興趣。對奈西而言，幻獸界的故事宛若令人神往的美好童話，陪伴他度過孤單的童年，與無數難眠的夜晚。

亞蒙答應了這個要求，他猜想，奈西大概是遇到了什麼挫折，所以想聽個故事打起精神。無奈的是，關於幻獸的事，他所知道的大多是悲劇。

但很快，他便想起有個開心的故事可以說。

「我和你說過，前陣子我跟著諾爾去了他的家鄉的事嗎？」

「沒有呢。你找到蛋了嗎？」

「找到了，幸好諾爾他們發現那顆蛋之後，就立刻展開了搜救，不然等我抵達就太遲了。」

亞蒙開始講述當時發生的一切，像是一行人去酒館喝酒的事、克莉絲有了新歡讓菲特納大受打擊的事，以及霍格尼有多麼討人厭的事，還有諾爾家那位羊爺爺的事，他都鉅細靡遺地說了。過程中，他偶爾可以聽見奈西的輕笑聲，雖然還是顯得沒什麼精神。

「……後來，我就帶著那個小傢伙回家了。眞搞不懂爲何比起我，他更想待在那位羊爺爺身邊。」

聞言，奈西又低低地笑了，用溫柔的語氣說：「我想，大概是因爲山羊是治癒人心的生物吧。」

「……」

一瞬間，亞蒙只覺奈西病得不輕，居然會同意諾爾經常掛在嘴邊的鬼話。不過他仔細想了想，或許正因爲諾爾跟奈西之間有著深厚羈絆，奈西才會這麼說。

「亞蒙，我可以問你一件事嗎？」奈西的語氣帶著一絲難以察覺的哽咽，彷彿才剛剛哭過。

由於雙眼被蒙住，亞蒙難以確認奈西現在究竟是什麼狀態。一直以來，他都只能憑語氣揣測召喚師的心情，長久下來也自有一番心得，但如今他眞的無法確定奈西此刻的情緒。

如果可以看到奈西的臉，他就能知道奈西到底發生了什麼事，可惜他無法。

「你可以告訴我爲何……你這麼努力想找回同族的孩子嗎？」

亞蒙愣了一下。

他在腦海中列出幾種答案，有避重就輕的、有召喚師聽了會開心的、有悲天憫人的，但無論是哪一種，都不適合用來回答奈西，也不是他想回答的答案。

這是第一次，他發覺自己有想主動告訴奈西的事。

「千年前，幻獸界有一名傳奇幻獸，也就是我們的蛇神。傳說他的雙眼能石化萬物，途經的地方草木逢生、遍地開花，那時即使是其他的S級幻獸，也得對他敬讓三分。而我們石化蛇，正是他的後代。」亞蒙說著，望向遠方。

「雖然石化蛇不像蛇神，能以雙眼石化萬物，不過石化之眼的能力也不弱。我族的存在有如神話般，爲了凸顯與其他種族的差別，祖先們打造了一座天空之島，在上面建立蛇神的神殿，過著與世隔絕的生活。」

說到這裡，亞蒙的語氣沉重起來。「然而召喚術興起後，幻獸在戰爭中不幸落居下風，當戰火蔓延至天空之島時，幻獸界已經大半落入了人類手裡。雖然祖先們幾度擊退了人類，但人類所能操控的幻獸越來越強大，後來……大魔法師貝卡率領人間界的傳說級召喚師們闖入我們的居處，發動了長達三天三夜的戰爭。我們引以爲傲的天空之島在那時被人類驅使的幻獸擊碎，許多祖先隨著毀壞的神殿墜落，只剩下蛇神所居的主神殿還留在空中。最後，祖先們又一次擊退了人類，卻不幸被人類留下了屈辱的印記。」

隱約感受到奈西正專注傾聽，亞蒙繼續說：「蛇神太過強大，人類無法殺死他，可是在數名S級幻獸與被烙上契文的石化蛇的圍攻下，蛇神終究也被烙印了契文。祖先們安慰蛇神，雖然我族子民全被留下烙印，至少都還活著。但這個打擊對蛇神而言實在太大，他把自己關在了神殿深處，誰也不見。之後你知道的……幻獸界淪陷，身為王者的幻獸們全數投降，被迫簽訂召喚條約。」

亞蒙停頓了一會，內心百感交集。溼冷的微風稍稍冷卻了他的悲傷，讓他得以說下去。

「在召喚條約簽署的那一天，蛇神自殺了。」

奈西倒抽一口氣，十分錯愕。「怎麼會……」

「他無法接受將被人類奴役的現實，當祖先們發現這個悲劇時，蛇神已回天乏術。我們的神話就在那天徹底成為歷史，蛇神之死意味著，石化蛇總有一日會滅絕。我們這一族因蛇神的血脈而強大，既然蛇神死了，便再也不可能回到往昔的輝煌。」亞蒙淒然一笑。

「儘管身為後代的我們，身上的蛇神血脈已經相當稀薄，還是偶爾會在夢裡見到過去的繁榮景象……每當醒來後，那些景色就像流沙一般怎樣也留不住，逐漸在記憶裡消散，徒留不知屬於誰的哀痛。」

「我們能做的，就只有守護為數不多的後代，等待時間將我們帶向衰亡。」

他轉向奈西，嘴角依舊帶笑，語氣卻隱含憂傷。「奈西，我跟你一樣都出身自即將滅亡的家族，不管怎麼做都無法扭轉命運，只能眼睜睜看著時間將我們一個一個殺死……這樣的心情，我再了解不過。」

此時，他十分渴望能透過聲音得知奈西的心情。而這一次，奈西的情緒相當鮮明。

「嗚……」奈西直接用哭聲來表達感受，亞蒙爲此怔住了。他沒想到奈西會哭泣。

「你們背負著如此沉重的過去，我卻連破壞次元門都做不到……」奈西哭著說。「一想到必須犧牲誰的人生來拯救我自己，我就好害怕，可這是只有我才能做到的事啊。我明白你們的痛苦，也明白那道門的存在所造成的隱憂，卻依舊下不了手……就因爲……我……無法承受……」

「等等，你在說什麼？」

「我知道破壞次元門的方法了。我必須拿一個人類當祭品，獻給幻獸界，而被獻祭的人將永遠不能再回人間界。」奈西抱頭低泣。「我沒想過會是這種方法，我以爲只要大家齊心協力就能破壞門，可是我已經仔細查過，所有文獻記載統統指向這個方式，席爾尼斯家一直都是透過獻祭來破壞次元門的。」

亞蒙本以爲，只要奈西取得魔王的同意，便能夠破壞次元門了，他也沒料到破壞次元門會讓奈西背負這等罪孽。

為了毀掉次元門，他誘導奈西去與龍王談交易，促成了這件事。奈西會不會行動失敗被王族逮捕、奈西是不是有其他選擇，他都刻意忽略了。

如今得知，奈西若不犧牲一個人就無法完成任務，亞蒙這才眞正意識到，自己對奈西做了相當過分的事。

奈西並不虧欠他，甚至相當善待他，然而他卻利用奈西的單純，讓這名少年去面對根本承受不起的罪孽。

亞蒙沉默了許久，想著奈西身邊那些把他當成夥伴的幻獸們，還有誠心希望與他建立友誼的奈西，最後，他緊握雙拳。

鬆開拳頭後，他伸手抬起奈西的下巴。

「眞是可憐啊……事已至此，你還沒有發現造成這一切的根本原因嗎？」

即使看不見，亞蒙也能感覺到奈西的呆愣。他揚起微笑，以一貫的輕浮口吻說：「你從公主那裡收下我時，就該有心理準備了，像你這種初出茅廬的召喚師是不可能駕馭我的。憑什麼像我這樣珍稀又能言善道的幻獸，得成天陪你玩扮家家酒？沒道理吧。」

奈西並未回應，不過亞蒙知道，奈西此刻的表情肯定是錯愕的。

「我好不容易才發現，你唯一的利用價值就是破壞那道該死的門，結果你連這點也做不到。我可沒有耐心像你身邊那群幻獸一樣等你長大，既然你這麼沒用，我也不打算再和你玩下去了。」說著，他發出惡劣的低笑，攤開雙手。

「我說啊，身爲珍貴的魔王召喚師，你應該還有很多路可以走吧？只要有魔王契文，無論去哪個國家你都會被收留，你卻寧可跟全世界最危險的幻獸交易，也不願離開貝卡，眞是傻到不能再傻。」

「爲什麼……」

「爲什麼？很簡單，我確實跟芬里爾家的召喚師說的一樣，就是條沒什麼忠誠心的蛇，不然你以爲我爲何在各個召喚師之間來來去去？」亞蒙的語氣陰狠起來，發自眞心地吐出接下來的話。「憑什麼要我向你們這群害死蛇神的兇手獻上忠誠？有些幻獸可以放下過去的仇恨，但我不行。傷痛一旦造成，就永遠不會消失，你懂即使滿身是傷，仍得對仇人微笑的痛苦嗎？你懂即使希望有一番作爲，也有志不得伸的無奈嗎？即使具備相似之處，我們仍然分別是幻獸與召喚師，永遠不可能互相理解。」

他猜想奈西應該會崩潰痛哭，或憤怒地指責他是騙子，然而時間一分一秒過去，他只等來一陣沉默。

「我很訝異你會說這種話……」奈西終於開口。他的語氣像是被打了一拳，充滿了脆弱和無助。

「可是，我想說一件事。」

正當亞蒙想講出更惡毒的話時，奈西嘆息一聲，以出奇地平穩的聲音緩緩說——

「你以爲我沒發現這件事嗎，亞蒙？」

聞言，亞蒙傻了。他無法再從奈西的聲音裡讀出情緒。

「我知道亞蒙很厲害，你經常用言語輕鬆幫我化解危機，長得十分英俊，又擁有非常稀有的能力，像你這樣的幻獸，在宮廷肯定相當受歡迎。就如你所說，你能選擇比我更優秀的召喚師。」奈西頓了頓，憂傷地問：「既然如此，你當初爲何會選擇公主殿下呢？」

「……」

「我、我絕對不是看不起公主殿下！只是……唐娜公主被軟禁在高塔中，王族也一副當公主不存在的樣子……你卻堅持待在她身邊，甚至爲了讓她自由，不惜甘冒風險將我拐走。」

「自從你加入我們後，總是沒什麼精神的樣子，我猜你會不會是因爲被公主丟下，覺得難過，所以想對你更好一點……不過逐漸認識你後，我想我大概知道理由了。」

亞蒙感覺自己的手被一隻溫暖的手輕輕握住。

「亞蒙，你是不是想成爲跟龍王一樣的幻獸？」

「……」

「擺脫召喚的枷鎖，成為幻獸界的領導者之一，並設法廢除令你們的蛇神自殺的召喚條約，這就是你的願望，對吧？所以你才會跟隨公主，因為公主說過，她想廢除召喚條約。而你會得知龍王的願望，也是由於你跟她志同道合。我雖然不完全贊同破壞次元門，但這麼做是為了讓幻獸們過得更好，因此我答應了龍王，我也希望幻獸們可以過得幸福。只是想不到……」

說著，奈西不禁哽咽。

「對不起，我太沒用……這世上的壞人不少，也有我不能容忍的人存在，可是如果必須親手毀掉其他人的未來，我實在無法不感到恐懼……」

亞蒙忽然有股衝動。

他想看見奈西。

他恨透了永遠只能藉由聲音與觸摸來感知，這一次，渴望用雙眼確認眼前人的念頭是如此強烈。

他毫不猶豫地抬起手，拉下蒙眼的布條，慢慢地睜開眼。

由於長期蒙住眼睛導致視力退化，周遭的事物他全都看得有些模糊，唯獨近在眼前的奈西身影清晰。

奈西和傳聞中一樣，有一頭柔順的金髮，清澈的藍色眼眸，容貌端正俊秀，身材比他想像中還要瘦弱。少年站在他面前，黑色的召喚師袍隨風飄揚，眸中透著哀傷，表情猶如一葉暴雨中的孤舟般脆弱。

他們四目相交，奈西露出悲傷的微笑。

「終於能與你對視了……你有一對很漂亮的眼睛呢。」

亞蒙的瞳孔非常特別，像是遭遇強光時縮起的針尖狀貓瞳，弱小的動物光是看到那對獵食者特有的眼瞳，多半就會腿軟。

不知爲何，亞蒙有種如釋重負的感覺。

歷經漫長的時光，他終於第一次能夠親眼看見自己的召喚師。過去他總是只能憑空想像召喚師的長相，如今，他終於跨出了這一步。

「我沒有被你利用，亞蒙。是我自己決定採納你的建議的。我不敢說你的願望就是我的願望，可是我……是眞的想讓你們獲得幸福。當我孤苦無依時，是幻獸陪在我身邊，當全世界的人都瞧不起我時，只有幻獸們始終鼓勵我。所以，我也想以自己的力量去幫助幻獸。」奈西握住亞蒙的手，眼神眞摯。「諾爾說過你是溫柔的人，我也相信諾爾的話。亞蒙，那些是你的眞心話嗎？你可以看著我的眼睛……再說一次同樣的話嗎？」

「……你眞是個危險的人。」亞蒙伸出沒被握住的那隻手，撫上奈西的臉龐。

「我如果是你，就不會說出這番話。就算已經看透他人的想法，也不能輕易揭穿，知道嗎？對方也許會害你的。所以我才說你是個初出茅廬的召喚師，連這點事都不懂。」

「那你會害我嗎？」

「……」亞蒙忽然理解，爲何霍格尼那種脫韁野龍會乖乖待在奈西身邊了，他一直小看了這個少年。

「所以我之前說了，亞蒙，在我面前做自己也沒關係。即使你反抗我、甚至試圖傷害我，我也不會因此反過來傷害你。在我的召喚下，你可以輕鬆地做自己，希望你能明白。」

這是亞蒙第一次覺得自己被他人理解。他當了言聽計從的召喚獸太久，久到都快忘了自己原本的樣子。

他看不順眼霍格尼，是因爲覺得那隻龍很蠢。怎麼會有幻獸笨到想反抗人類？身處菁英召喚師雲集的宮廷，亞蒙對這點深有體會，他看過太多悲慘的例子，過去也吃了不少苦頭，反抗是不可能有好下場的。想要像莉芙希斯那樣掌握主權，對於他這種A級幻獸來說是遙不可及的夢想，所以若希望日子過得好，就必須聽召喚師的話。

可是如果有得選擇，他當然不想過這樣的生活。

無可撼動的召喚條約，使亞蒙只能選擇可以讓自己順利活下去的路、依附擁有同樣理想的召喚師，期待對方能替他完成夢想。

這般沉重的期望，在不知不覺間令他的那些召喚師感到難以承受。或許正是因爲如此，公主才會把他交給奈西。

他的手從奈西的臉龐滑到腦後，將少年輕輕按入懷中。

「你不必自己承受摧毀次元門的重擔，是我把這份期望加諸到你身上的，因爲我是幻獸，永遠不可能在這個世界有所作爲的幻獸，所以我才會把這項重責大任交給你。」

「亞蒙……」

「你想放棄破壞次元門也可以，但如果你還是選擇了這條路，無論需要什麼祭品，我都會爲你帶來。你所犯下的罪孽，我會與你一同承擔。你是個很好的召喚師，不應該這樣胡思亂想，把責任全往自己身上攬。奈西，雖然我不清楚你的過去，不過你會有今天，是因爲有諾爾他們陪在你身邊吧？」

奈西點點頭。

亞蒙的聲音一掃方才的陰鬱，染上了一絲笑意。

「那麼不如跟大家一起討論這件事吧，共同討論後所做的決定，肯定比你獨自鑽牛角尖要好。」亞蒙知道，他的召喚師還是個成長中的孩子，他必須適時提供協助。

他的建議很有用，迷惘的奈西明顯逐漸放鬆了緊繃的身子。對奈西而言，幻獸向來是能穩定心神的可靠存在。

而亞蒙也不打算再旁觀，這一次，他要成為這個團隊的一員，幫助自己的召喚師找到方向。

縱使願望能否達成仍得倚賴奈西的決定，但至少奈西理解他的痛苦，也真心為他設想。因此，他決定不再蓄意欺騙，並讓奈西自己做決定。無論結果如何，他都願意接受。

隔天晚上，奈西召集了參與此次行動的核心成員。眾人聚集在客廳，奈西仔細說明了破壞次元門的辦法，以及目前遭遇的困境。

「……事情就是這樣，你們認為呢？」他徵詢在場的幻獸們與烏德克的意見。

「祭品？有什麼好猶豫的，把芬里爾家的瘋女人丟過去不就好了？這可是解決那個禍害的好機會。」霍格尼率先出聲，一副摩拳擦掌的樣子，只要奈西一點頭，他八成就會衝去抓人，顯然已經等這個機會很久了。

「奈西，你若是做不到，那麼不如交給我吧。」烏德克的語氣十分堅定。「這件事我辦得到。你還年輕，或許難以承受這份罪過，但我的人生中積累了許多不滿，也認識很多適合拿來獻祭的對象，由我來執行不會有問題。」

「……」雖然相當感激烏德克，這個說法還是讓奈西哭笑不得。

「眞可惜不能把那個國王丟過去，當初他是如何對待我們的，我可都還記得啊。」艾斯提嘆了口氣。

「國王加一票，最好把王族的人統統送過去，只要王族消失，勇者就不必再犧牲，魔王也不用再被召喚了。」克羅安認眞地說，語氣完全不像在開玩笑。

「媽的，說起來芬里爾家那個天眼龍王召喚師才是禍害根源，送他去對面正好。」霍格尼忿忿不平。長期受艾琳娜意志壓迫的他，自然明白艾琳娜的灰暗過去，芬里爾一家他都看不順眼。

「我可以提供一份惡名昭彰的宮廷召喚師名單，你們隨手挑一個吧。」亞蒙心情很好地笑著。

雖然人選不少，不過最關鍵的，還是奈西是否能接受這個做法。伊娃握住奈西的手，有些擔心地望著他。

「奈西西願意用這個召喚陣嗎？不想用的話也沒關係，伊娃會保護你。無論奈西西怎麼選擇，伊娃都會跟在你身邊，直到最後。」

「謝謝妳，伊娃。」奈西回望她，聲音充滿了溫柔和眞誠。那雙握住他的纖細小手彷彿給了他力量，讓他心中的不安逐漸消散。

他看向自己的每一個夥伴——伊娃、亞蒙、霍格尼、克羅安、烏德克、艾斯提，最後是諾爾。

諾爾坐在他對面，從頭到尾不發一語，只是沉著地注視他。奈西明白，諾爾在等他的答案。

「我……考慮了很久。我確實對這件事感到害怕，但是亞蒙要我別把責任全往自己身上攬。」他閉起雙眼，往事襲上心頭，所聽過的各種故事也浮現在腦海。奈西知道，他的抉擇將牽扯很多人的未來。

擺脫魔王召喚師的宿命，看似只是他個人的願望，可是其中寄託了亞蒙的夢想，也包括了烏德克想擺脫勇者宿命的渴望，終結悲慘的魔王召喚，更是魔王城所有幻獸的期望。而且如果他死了，霍格尼就會被殘酷的召喚體制吞噬，伊娃也有可能落入宮廷權貴的魔掌。所以，完成這件事並不單單只是他一個人的目標，而是在場所有夥伴的。

況且，他已經跟諾爾約定好了，要一起走向同樣的未來。

「此時此刻，我們的願望相同——想要在這個世界自由地活下去。所以，就選擇這條路吧。使用祭品召喚陣，摧毀次元門。」奈西認真地宣布。「發動這個召喚陣的任務交給我。這是我選擇的未來，我必須自己面對。」

諾爾站了起來。

「艾琳娜。」他果斷地表示，語氣充滿了堅定。

所有人都看向諾爾，他的聲音彷彿有感染力似的，沒有人提出異議。

打從見到艾琳娜的第一眼，諾爾就清楚體認到這樣的召喚師根本不該存在於這世上。只要她還活著，幻獸們便不得安寧。

如今機會終於來了，這一回，他們勢必要做個了斷。

第八章

「什麼？你們不是在開玩笑吧？」聽完奈西等人的計畫，伊萊臉色鐵青。他本來正疑惑奈西怎麼會帶著幻獸上門造訪，結果原因比他料想中還驚人。

「拜託你，伊萊，我們必須抓到艾琳娜。如果不趕緊逮住她，等她拿到龍王契文就來不及了。」奈西苦笑著說，陪他一起來的伊娃跟霍格尼也跟著點頭。

「我勸你最好老實把你想得到的辦法統統說出來，老子上次炸了她的巢，讓你們脫身，說不定她這次會學我炸了你們本家宅邸搶契文。」霍格尼雙手環胸，理直氣壯的樣子活像個惡霸。

「……」

「對呀，如果龍王姊姊不幸被阿姨控制，這個國家就會完蛋哦！伊萊萊快想辦法。」伊娃甜笑。

「……」

「就算你們這麼說……」伊萊扶著額，看起來十分頭痛。「我也很難阻止艾琳娜阿姨拿到龍王的契文，因爲龍王爲了方便在兩個世界來去自如，所以……凡是龍王的候選召喚師，手上都戴著刻有龍王契文的戒指。」

此話一出，眾人都無語了，尤其是奈西。他還以爲龍王契文應該會收藏在芬里爾本家宅邸最深處，並且也許還指派了強大的龍看守，沒想到只要隨便抓一個候選召喚師，從人家手上硬拔就行了。

「不過爺爺說，即使有戒指，何時可以召喚還是得聽從龍王的指示。他們製作了一份輪班表，龍王也清楚地記得每一個候選人，非她所認定的召喚師若是膽敢召喚她，將會招來災難，只有萬中選一的龍王召喚師才能駕馭龍王。」身爲未來的龍王召喚師候選人，伊萊已經從納尤安那裡得知許多資訊。

雖然仍心繫水龍召喚師一職，不過逐漸了解這個國家的眞相後，他也不再抗拒競逐龍王召喚師之位。

雖然伊萊知道，即使自己眞的成爲龍王召喚師，恐怕也無法回應爺爺的期待，但爲了母親，他願意去嘗試。畢竟囚禁他母親的，是這個腐敗的國家，成爲水龍召喚師固然能使艾莉亞自由，卻不能解決根本的問題。

「而且家族中沒人知道艾琳娜阿姨回來了，她不信任家族的任何人。」伊萊無奈地表示，在他說完後，一旁的哈卡開口了。

「要不，乾脆從我們的世界著手？再怎麼躲藏，她總得召喚哪隻龍吧？」

「我聽諾爾說龍之谷很大，有辦法找到那些受害者嗎？」奈西的臉上寫滿擔憂。

「這方法有點大海撈針，若是沒有熟悉環境的龍，找起來很困難——」

說到這裡，他停了下來，眾人不約而同地看向在場某隻龍。

「……看什麼看！老子已經被趕出龍之谷了，才不會回去那個鳥地方！」霍格尼馬上後退一步，強烈地表達不滿，尾巴甩來甩去的，顯得十分焦慮。

奈西看得心癢難耐，他一把抱住霍格尼的尾巴，期盼地仰望著紅龍。「可是你肯定認識其他被虐待的龍吧？拜託你，霍格尼——」

「拜託別人之前先把別人的尾巴放開！」

「你、你如果答應了，我就鬆手！」

「開什麼玩笑！憑你這小鬼也敢跟我討價還價？」

伊萊無語地看著這場鬧劇，昔日凶猛的災厄之龍如今根本完全馴化了。

「你是爲了龍王的事回去的，只要這麼說，其他龍肯定就不會找你麻煩了！」

奈西被霍格尼拎了起來，即使如此，他還是依依不捨地揪著霍格尼尾巴的尖端，好像他只是抓著人家的手懇求，而不是在趁機玩尾巴。

「……」

「眞拿你沒辦法，讓我跟你一起找吧，有我這隻名聲良好的龍在，沒有龍敢找你麻煩的。」哈卡高高揚起頭，有些得意地對霍格尼說。

「伊娃也要去！」伊娃開心地舉手。「人家是負責與龍龍打交道的外交官，帶上伊娃肯定事半功倍！」

「少來！妳一定又想像上次一樣毒我的同胞！妳以為我不知道妳跟那隻腹黑羊一樣滿肚子壞水嗎！」

「你們不要擅自替老子決定！」

「……看樣子應該沒問題了。」伊萊眼神已死。「我也會請爺爺他們多加注意的，需要幫忙的話記得跟我說。奈西，你們一定要成功。」

聽了這句真摯的話語，奈西露出笑容。

「嗯！」

在霍格尼與哈卡和伊娃前往龍之谷，展開尋找艾琳娜的召喚獸之旅時，奈西也沒有閒著。他必須先規劃好潛入宮廷的路線。

「影子幻獸真是方便，這樣能省去很多力氣。」亞蒙愉快地說。

再度拿下蒙眼布條的他瞇起雙眼，仔細盯著畫架上的畫紙，一筆一畫勾勒出宮廷的地圖。由於視力不好，所以畫到哪他的身子就得挪到哪，距離夠近才看得清楚。

「我幫你們畫出幾條路線，如果能做到無聲無息，就可以走最快抵達的路徑，不行的話就走密道。」認可了奈西後，亞蒙賣起王族毫不手軟。「要不要順便幫你畫出通往國王還有王子臥房的通道？這樣如果祭品有什麼萬一，就可以把他們抓來當備胎。」

「不、不用了……」奈西艱難地表示。他發現，大家對於準備祭品一事似乎都相當興致高昂。

這窘迫的反應讓亞蒙不禁失笑。

「眞拿你沒辦法，像你這樣的半吊子召喚師，不依賴我可是不行的呢。」

「……」

自從把話說開後，亞蒙的態度自然多了。只不過，奈西原以爲那天亞蒙的毒舌是刻意的，結果居然是本性。這傢伙損起人來毫不留情，怪不得霍格尼常被亞蒙搞得七竅生煙。

奈西聽得出來，亞蒙的語氣略帶自豪，似乎頗享受這種主權握在自己手中的感覺。看著亞蒙放鬆的樣子，奈西笑著將掌心覆在亞蒙的手背上。

「謝謝你爲我們做這麼多，亞蒙。」奈西由衷地說。「不過，這次的任務不只是破壞次元門，還有一個重要的任務必須拜託你。」

「什麼任務？」亞蒙挑了挑眉。

「拯救公主。」奈西語氣柔和。「這回我們有勒格安斯，他可以神不知鬼不覺地把唐娜公主偷渡出來，屆時到了宮廷後，請你和勒格安斯一起救出公主。」
亞蒙沒有立刻應下，他凝視著奈西，似乎在確認少年話中的眞意。
「有我在場的話，你絕對會比較安全。而且你的時間不多，確定要讓我去做這件事？」
奈西點點頭。
「上次事發突然，無法帶走公主，可是這回我們有備而來，沒問題的，是時候拯救公主了。」
見奈西態度堅定，亞蒙不禁想到了勇者一詞。他果然沒有託付錯人，即使這個時代不再需要勇者，但毫無疑問的，席爾尼斯一家仍繼承了勇者的精神。
想到此處，亞蒙揚起微笑。
沒辦法，他家召喚師實在太勇者了，身爲勇者夥伴的他也得多多協助才行。
「我想我該提醒你一下，你不會以爲破壞完次元門，事情就結束了吧？」
奈西呆呆地看著亞蒙，他確實沒有多想這之後的事。
「這樣可不行。」亞蒙捏了捏奈西的鼻子，看著那副困擾的表情，他滿意地瞇起眼。「就算王族從此拿你沒轍，也不代表他們會善罷甘休。你必須知道他們接下來的對策，才能及早應對。」
「接下來的對策？」奈西迷惘地看著他。

「那個王子啊。即便現任國王放棄利用你，但未來王子繼承王位後，說不定風向又會轉變了。」

在奈西思索的時候，亞蒙繼續說：「趁王子現在還比較單純時，盡快套出他的話吧。如果他成為國王，究竟打算怎麼對你？若他想不計一切代價將你奪走，那麼現在就把他殺掉。」

聞言，奈西嚇壞了。他的臉上失去了血色，整個人石化在原地。見狀，亞蒙又補充一句。

「當然，你也可以放過他，那個王子好像很喜歡你的樣子，假如他沒打算命令你召喚魔王，等他登上大位後，你就能在這個國家平安度過餘生。」

「他、他他他應該不會想逼我召喚魔王吧……所以──」

「這種事可不能用猜的，你得去問清楚才行。」

「可、可是，如果……」

奈西急得快哭的樣子令亞蒙下意識放軟了聲音：「別擔心，決定權在你手上，如果你不想這麼做，我也不會逼你的。」

他伸出冰冷的手，輕輕牽起奈西的手，試圖安撫這隻嚇壞的小動物。可惜他的治癒效果遠不如治癒大師諾爾，奈西雖然冷靜了點，臉色還是十分慘白。

「先確認王子的意圖，我們才能做好準備。當然，如果他沒打算利用你，那就皆大歡喜了，就讓他當他的國王吧。」

這句話令奈西有些疑惑，他躊躇了一會兒，最後還是問出口：「你不會希望公主奪回政權嗎？」

亞蒙愣了下，接著很快笑著搖了搖頭。

「想奪回政權的是我，不是她。唐娜的心願只有再見某個人一面而已，她並非像我一樣以解放幻獸爲畢生志願，只是如果有機會，她會去實行而已。」對於這點，亞蒙已經看清並釋懷了。

他認識的公主殿下只是個平凡的女孩。她不屈服於錯誤的觀念，資質也不比修迪差，但她有一個心心念念追尋著的人，儘管不知道對方的長相，也不知道對方的身分，她仍堅持那個人肯定存在，無論如何也要去尋找。

就算是背負著整個國家的未來的公主，同樣也做著尋找白馬王子的夢，亞蒙不希望因爲自己的關係，強迫她走上艱辛的道路。

見奈西似乎還想說什麼，亞蒙搶過發言權。「別說這件事了，現在我的召喚師是你，在召喚我時，別去想其他召喚師。」

這番彷彿充滿占有欲的話讓奈西的臉頰微微泛紅，他窘迫地想縮回手，亞蒙卻不讓他收回去。

亞蒙抓著奈西不放自然是有原因的，打從牽起奈西的手後，這條蛇便有了其他意圖。

「這枚戒指是誰的？」他低頭注視奈西手上的戒指。

爲講求效率，許多召喚師會戴著刻有契文的戒指，亞蒙過去也曾在宮廷中看過不少召喚師手上戴了好幾枚戒指，奈西手上卻只有一枚。因此，亞蒙相當好奇，究竟是誰獨占了這個好位置？

「是霍格尼。之前我在水都實習時遇到意外，失去了魔導書，所以後來乾脆訂製一枚戒指方便召喚。」奈西乖乖回答。

「這樣啊……沒有諾爾？」亞蒙很訝異，照理說，與奈西有深厚羈絆的諾爾也該有專屬的飾品。

「諾爾在這裡。」提到諾爾，奈西立刻展露笑容，一隻手伸入自己的衣領內，勾出鍊墜上刻有諾爾契文的項鍊。

「原來藏在這裡……果然很有諾爾的風格啊。」亞蒙失笑，戒指能同時戴好幾枚，但項鍊通常只會戴一條。他想像了下諾爾一臉欠揍抱著奈西宣示主權的樣子，笑意忍不住加深了。

他在偶然之下離開了宮廷，來到這個地方，沒想到，這個變化並沒有他以爲的那麼糟，相反的，一切都是那麼舒心美好。

見到亞蒙的笑容，奈西猜想他應該也頗喜歡諾爾，因此十分高興。

「下次也讓你看看諾爾的模樣好嗎？諾爾長得很帥哦，他有烏黑的鬈髮，翠綠的雙眼，脖子上總是圍著看起來很療癒的白毛圍巾，卻穿著帥氣的黑衣服，還背著巨劍。雖然常常一副想睡的樣子，可是他認眞起來時，比誰都要來得冷靜而專注，非常吸引人。諾爾的獸形也很帥氣哦，他——」

聽到這裡，亞蒙伸出食指按住奈西的唇阻止，否則天知道這名少年打算說到什麼時候。

他哭笑不得地看著奈西，不知爲何有種被閃得眼睛痛的感覺，若不是親眼目睹，他以前絕不會相信，世上有像諾爾和奈西這般相知相惜的幻獸與召喚師。

「下次再跟我說諾爾的事吧，現在我有別的事想告訴你。」

「什麼事？」

亞蒙從懷中掏出一個小東西，放在奈西的掌心上。當他鬆手後，奈西發現那是枚漂亮的銀色戒指。

「這個是我的契文戒指，當你需要我的協助時，可以隨時召喚我。雖然我不像霍格尼或諾爾那樣強悍，但我擁有豐富的經驗，絕對幫得上你。」

奈西愣愣地瞧著戒指，再看向亞蒙，語氣略帶一絲憂慮。「這樣眞的好嗎？」

他很明白，這名最了解召喚的幻獸，實際上比誰都還不想被召喚。

亞蒙笑了笑，輕描淡寫地說：「我曾經以爲自己被拋棄了，再也沒有機會完成我的夢想，但是你重新給了我希望。」

他深深凝視奈西，語氣嚴肅起來。「我不像諾爾那麼忠心，無法給你一輩子的承諾，我的目光也不會完全放在你身上，因爲我有自己想追求的事物。即使如此，你也願意讓我當你的夥伴嗎？」

奈西回望著他，點了點頭，果斷地戴上戒指。「如果哪天我們必須分道揚鑣，到了那時，我會讓你走的。」

這個毫無一絲虛假的誓言，令亞蒙安心地笑了。

經過漫長的歲月，他終於得以與召喚師之間建立起充滿尊重與包容的平等關係。

「只要我們的目標相同，我必定會待在你身邊，成爲你的助力。」

正式收服亞蒙這個夥伴後，奈西事後又仔細思考了亞蒙的話。

當時亞蒙提議除掉王子，他不僅嚇壞了，也不願這麼做，不過亞蒙的想法確實有其道理。

由於亞蒙提到了王子這個隱憂，奈西才發覺自己落入了跟莉芙希斯類似的窘境——

沒有人能預料下一任國王究竟會怎麼做。

奈西明白，自己在現任國王眼裡就是一顆好用的棋子，國王會想利用他這顆棋，卻不會爲了這顆棋子而放棄整盤棋局。所以，他要做的是改變局勢走向，讓國王不得不捨棄他。

國王是一名謹愼的政客，懂得衡量事情的輕重緩急，然而修迪不同。修迪與他有過節，也曾放話要復仇，再加上年輕氣盛，很可能繼位後便會採取對他不利的行動。

但是再怎麼樣，奈西覺得也不該爲此把對方除掉，修迪終究是他曾經的朋友。況且，雖然修迪常找他麻煩，可是當初營救烏德克時，修迪也幫了一把。

想到這裡，奈西就胃痛。若修迪說什麼都要逼他召喚魔王，他很擔心自家那群幻獸會先把王子幹掉。

無可奈何之下，奈西只好在某天下課時去向修迪確認。

「修迪！」他追上正要前往另一間教室的修迪，王子殿下回過頭，一見是他，眉頭便挑了起來。

「那、那個……我有問題想問你，可以跟我來一下嗎？」

聞言，修迪左顧右盼，有些警戒地說：「你家那些幻獸該不會藏在暗處等著對我下手吧？你有什麼目的？否則好端端的，怎麼會突然來找我？」

「他們都不在啦。」奈西略顯緊張地擺擺手。「我只是有個問題想問你，沒有別的目的。」

雖然這話說得有點心虛，好在修迪並不懷疑奈西的人品，只懷疑奈西家幻獸的獸品，確定沒有幻獸在，修迪哼了一聲便答應了。

他們來到一間空教室，修迪的嘴角立刻垂下，一臉刻薄看著奈西。

「幹麼？想求我們家放過你嗎？拜託我可沒用，父王的決定不是我能改變的。」

「我知道。」奈西除了無奈還是無奈，他一直都很清楚這點，雖然要是事情有這麼簡單就好了。「我只是想問你……如果將來有一天，你繼承了王位，會怎麼對待我？」

此話一出，修迪頓時沉默了。見修迪神情複雜，奈西便猜到這位王子還在猶豫。

靜了半晌，修迪鬱悶地回：「問我有什麼用？那時候你早就不在了。」

「如果我還活著呢？」奈西憂傷地笑。「如果我幸運活了下來……你會讓我，走上召喚魔王之路嗎？」

「不。」修迪反射性回答，說完自己也愣了。見奈西豁然開朗，修迪又有些惱怒地補上一句：「不要誤會，我只是口頭說說而已。」

修迪望向窗外的遠方，語氣沉凝：「你或許覺得父王很冷血，為了國家大業而不惜讓你們家破人亡，但他有他的理由。為了終結黑暗的時代，我們家族努力了很長一段時間，只要人類能團結一心，將召喚術發揚光大，便再也不用擔心幻獸的威脅……這是大魔法師貝卡的遺願，我們家族不過是繼承他的意志，代替他繼續守護這個世界而已。」

「所以，為了成就你們心中的烏托邦，就必須犧牲整個幻獸界，以及我們家嗎？」奈西悲傷地說。

他忘不了亞蒙那天跟他說的故事，以及痛苦的自白；也忘不了霍格尼被人類背叛，以自己的方式展開報復的慘痛過往。

幻獸們多半都有過很糟糕的召喚經驗，即便如此，每當被奈西召喚時，幻獸們仍向他敞開心扉，如朋友一般與他相處、對他露出笑容。

他不想將幻獸們的善意當成理所當然，他跟烏利爾一樣，都無法認同這樣的烏托邦。

「這話真令人火大，別把事情說得好像都是我們的錯似的，有能耐的話換你們來守護世界啊！」修迪怒道。

「……」

「聽好，我們家跟你們不一樣，成天只會嘴上空談和平的理想，我們講求實際，信任是不能當飯吃的，明確的律法才能維護這世界的和平。」

這番話出乎奈西的意料，修迪平常都是一副紈褲子弟的樣子，想不到，修迪比他以爲的還要成熟。

「不過，這不代表我認同父王的做法。我跟父王不一樣，就算不依靠你，我仍然能打造出理想的烏托邦。」修迪雙手環抱在胸前，沒好氣地說。「我們國家已經夠強大了，根本不差你一個魔王召喚師。」

「所以說……你不會逼我召喚魔王？」

「我不是說我要對你復仇嗎？你死了我要向誰復仇啊？」

奈西呆呆地看著修迪，他還以爲修迪會爲了報復而逼他召喚魔王，結果卻是爲了復仇而不讓他召喚魔王。

「你要活著，我才能復仇，讓你過得不開心。你死了對我一點好處也沒有，我的復仇才正要開始，可不准你輕易掛掉。」

明明是挖苦的話，聽在奈西耳裡卻不是那麼一回事。

「假如他沒打算讓你召喚魔王，等他登上大位後，你就能在這個國家平安度過餘生。」

亞蒙的話在奈西的心中迴盪。如果他能順利熬過現任國王的執政時期，那麼往後就不用再擔心這個國家會找他麻煩了。

「怎樣？你那是什麼臉？能召喚魔王很了不起嗎？」見奈西一臉開心的樣子，修迪莫名火大。他明明損人損得不遺餘力，怎麼這傢伙還能像是M一樣露出笑容？

「先說好，對我而言，你既不是什麼勇者，也不是魔王召喚師，你只是那個討厭的青梅竹馬而已，少往自己臉上貼金。」

「嗯，我知道。不提召喚魔王，我們就還是朋友。」奈西語調輕快，這下他也不用擔心自家幻獸會對修迪採取什麼行動了。「謝謝你，修迪。只要你依然視我為你認識的那個我就夠了。至於你如果想找我麻煩，只要不是要我召喚魔王，我都會奉陪的。」

「……你這神經病！這時候你該對我生氣，不然也該哭出來啊！這才是你該有的樣子，現在這什麼態度啊？真令人不爽！」

修迪大步向前，惡狠狠地瞪了奈西一眼。「你聽好了，總有一天我會讓你哭著向我求饒，並承認自己的想法很愚蠢，儘管得意吧！」

說完，修迪轉過身，氣呼呼地離開教室，留下開心的奈西。

他不怕修迪找碴，這種小事跟召喚魔王比起來太微不足道了，只要能讓他擁有未來就好。

如今必須擔心的只剩下次元門的問題，目前一切幾乎都在順利進行當中，比較棘手的是諾爾所負責的部分。只要諾爾那邊的問題解決，而霍格尼他們也順利找到艾琳娜的藏身處，就可以展開行動了。

奈西感覺得出來，諾爾的態度比以往都來得堅決。跟艾琳娜之間的仇怨早在很久以前便結下了，對諾爾來說，艾琳娜是不容存在的召喚師，因此這回他說什麼也要把人拿下。

想著，奈西忍不住握緊藏在衣服下的鍊墜，望向遠方低喃：「沒問題的，我們一定會贏。」

像是感應到了什麼，遠在深淵的諾爾不自覺地仰起頭，碰觸了手臂上的契文。

「怎麼了，諾爾？」站在他肩上的克羅安隨著他的視線看去，有些疑惑。

諾爾搖搖頭，但眼神柔和了些。他垂下手，默默望著他們那位魔王陛下。

「看、看什麼？不要再看我了，我說什麼也不會讓開的！」

雷德狄站在遺忘森林的次元門前，警戒地盯著諾爾和克羅安。自從得知奈西正計劃破壞次元門後，他便時刻守在這裡，活像諾爾他們隨時會來破壞似的。

事實上，魔族這邊大多都很樂意配合破壞次元門。只要次元門消失了，便不用再擔心人類是否會入侵，因此他們樂見其成，深淵德魯伊一族在雷德狄的長年開導下，也已經不再對勇者抱持偏見，因此對於這事，唯一反對的就是魔王本人。

「你別鬧了，這事關席爾尼斯家的命運。」克羅安惱怒地說，他受夠這個任性的魔王了。「你不是一直很想幫上他們的忙嗎？你不是常常說你辜負了烏利爾的期望，沒有救下他的家人嗎？現在給你機會，你又不要？」

「這……」雷德狄一時語塞，他糾結了一會兒，露出快哭的表情。「這是兩回事啦，我怎麼知道勇者家的命運最後會落在這道門上！太強人所難了吧……我已經守門守了幾百年，怎麼可能說放棄就放棄……」

「你到底爲何，不放手？」諾爾不滿地問。

「我不是說過了嗎？我在等一個人啊！她跟我說，總有一天她會再度站在這道門前迎接我！」

這話讓克羅安氣得渾身的毛都蓬了起來，他拍拍翅膀，怒不可遏。「你是狗嗎！主人說在這等就痴痴地等！」

被克羅安的翅膀搧到，諾爾眼神都死了。他將克羅安從肩膀移到頭上，緩緩走近雷德狄。

「你唯一的召喚師，已經不在了。」

「……」

「你要接受，事實。」

雷德狄神情有些恍惚，搖了搖頭。

「你們不了解她，所以不懂。她是個信守承諾的人，既然對我許下了諾言，就肯定會出現的。」

魔王背靠透明的次元結界，緩緩滑坐到地上，失魂落魄盯著地面。諾爾知道雷德狄心裡其實很清楚這點，只是不願面對。

他盯著緊貼在次元門前的雷德狄，心想若換成是他會怎麼做。要是奈西也和他如此約定，那他肯定也會死守在門前。

這世上存在著形形色色的幻獸，和亞蒙一樣爲自己而活的幻獸固然有，和諾爾一樣視某人爲全世界的幻獸也不在少數。

像他與雷德狄這樣的幻獸，花上一輩子等待一個人也並非不可能。諾爾能理解雷德狄的心情，可是爲了奈西，他非得說服雷德狄不可。

「你還記得，你的召喚師，生前的願望？」

「生前的……願望？」

雷德狄茫然地低喃，他挪動了下身子，跪坐在門前盯著前方，彷彿他的召喚師就站在那裡。

沉默良久，魔王忍不住苦笑出聲。

「她有很多願望呀，那個年紀的孩子，怎麼可能沒有願望呢？想要活下去、想要去沒有任何人認識她的地方旅行、想要像個平凡的女孩子般，與姊妹們一起吃甜點，想要一覺醒來便不用再煩惱勇者的宿命。她的願望這麼多，我怎麼可能說得完？」

「如果有機會，你不會想，實現她的願望？」

「我當然想！」雷德狄痛苦地摀住臉，低泣出聲。「但是她已經不在了，即使我再怎麼想，也來不及了……我只是被人類奴役的弱小魔王，什麼都做不到……」

「她的願望，還有機會實現。」諾爾蹲了下來，直視著雷德狄。

「只要最後一道次元門，消失了，幻獸就不用再擔心，人類會不會毀約，入侵幻獸界領土。王族也很有可能，就此放過勇者一家，讓他們自由。」諾爾說。「讓勇者家，從悲慘的宿命中，解脫，難道不是，你的召喚師，其中一個願望嗎？」

雷德狄沒有回答。魔王背對著諾爾，不發一語，仍舊不願從次元門前移開。

見雷德狄又陷入拒絕溝通的狀態，諾爾暗自嘆了口氣。看樣子今天任務又宣告失敗了，雷德狄意外地固執，也難怪莉芙希斯一直沒法把這道門給炸了。

此時，諾爾感到了飢餓，於是他決定先把事情放到一邊，晚點再考慮該怎麼辦。

他打開亞空間，想把跟奈西討來的野餐籃拿出來（是的，他已經無恥到連返回幻獸界後的伙食也要奈西準備），可是上次從地下室打包走的巨大畫像擋住了野餐籃，他不得不先把畫移開。

「喂，諾爾，那個是？」一看見諾爾從亞空間取出畫作，克羅安錯愕地問。

「野餐籃。」諾爾拿出野餐籃，點了點頭。

克羅安氣得炸毛。「誰問你這個！我是說那幅畫！你從哪拿來的？」

「去地下室找魔杖那次，拿的。」

「原來是那天，你怎麼不早說！喂，雷德狄，給我轉過來，看看這是誰？」

魔王不甘不願地回頭，接著睜大雙眼。

他愣愣地望著畫中氣勢非凡的魔族戰士，頓時熱淚盈眶。

「先王……」他以顫抖的哭音呼喚這位一手將他帶大的前任魔王。

雷德狄飛快爬到諾爾跟前，像是不敢相信還能再看到前任魔王一樣，抓住畫框，激動得渾身顫抖。「我以為再也見不到他的身影了……居然有人將他的樣子保存下來……」

「這幅畫放在席爾尼斯宅邸的地下室，大概是以前的勇者命人畫的。」克羅安推測。「雖然先王很討厭勇者，不過勇者大概不討厭他，所以才將他的身影畫下來。」

「太好了，還好他們畫了這幅畫……這麼多年過去，在我的記憶中，先王的模樣早已變得模糊，我都快記不得他的笑容了，」雷德狄深深凝視畫中的前任魔王，彷彿要把這道身影永遠烙印進心中一般，嘴角勾起欣慰的弧度。

「魔王城，沒他的畫像？」諾爾好奇地問，他沒想到這幅畫會讓雷德狄有如此強烈的反應。

克羅安搖搖頭。「先王活在一個風聲鶴唳的年代，那時幻獸們陷於絕望之中，根本沒有心情進行繪畫等娛樂活動。再加上先王日日受噩夢所苦，更不可能讓其他幻獸把他悲慘的樣子畫下來，這是唯一描繪了先王模樣的畫作。」

「沒錯，這幅畫的畫家肯定親眼見過先王，無論是那個眼神，還是他的英姿……全都跟我印象中的先王一模一樣。」雷德狄哽咽地說。「看到這幅畫，我又想起來了。不管是他帶我回魔王城的那一天，還是死去時的那一天……嗚……」

說著說著，雷德狄忍不住哭了。

過往的回憶如浪潮般襲上心頭，對雷德狄來說，前任魔王是他生命中重要的存在之一，他從小看著先王的背影長大，比誰都清楚這位不被魔族讚頌的魔王有多麼偉大。

同時，雷德狄也想起自己身為繼承者，究竟背負了怎樣的責任。

「你們說的對，先王把深淵交給了我，我有責任守護。」他小心翼翼地將畫像抱在懷裡，語氣雖悲傷卻堅決。「雷德狄可以為了他的召喚師等一輩子，但魔王不行。先王把深淵留給了我，希望我能守護魔族，我不能辜負這份信任。」

他閉上雙眼，努力忍住眼淚。要棄守這道門令他感到痛苦不已，然而他是王，再怎麼不成材，也得扛起責任。

「如果這道門消失了，可以讓幻獸從被人類入侵的恐懼中解脫，可以讓我們的摯友從悲慘的宿命中解放，那就這麼辦吧。」

席爾尼斯家始終陪伴在魔族身邊，還為他們的王留下畫像，這份恩情之深實在難以言述。而且雷德狄對奈西跟烏德克也有所虧欠，無法不償還這個人情。

如果此刻不還，恐怕一輩子都沒機會還了，人類的壽命很短暫。

諾爾明白這個決定對雷德狄來說有多艱難，他拍拍雷德狄的肩。「這幅畫，給你。感謝你，幫忙奈西。」

雷德狄朝他露出苦笑，然後將畫像緊緊揣在懷裡，站了起來，注視著他守候多年的次元門。

「去進行最後準備吧，諾爾。這一次，一定要讓席爾尼斯家獲得自由。」

第九章

展開行動的那一天很快來臨，霍格尼返回龍之谷後，在伊娃跟哈卡的幫助下，順利找到了近期被艾琳娜召喚過的龍，並從對方口中得知了艾琳娜的藏身處。

幾個魔族德魯伊也伸出援手，他們將施展結界，讓破壞次元門所造成的傷害降至最低。不過，由於參與這場行動的召喚師只有兩名，因此速度得快，否則奈西和烏德克的魔力會撐不住。

他們準備兵分二路，諾爾、霍格尼、艾斯提負責去逮住艾琳娜，奈西跟烏德克則帶著勒格安斯、佛洛、亞蒙跟伊娃潛入宮廷，架設召喚陣與結界。

本來奈西認爲，要對付艾琳娜至少該有一名S級幻獸，但時間有限，潛入宮廷又需要勒格安斯還有佛洛，所以奈西最後被諾爾說服了——由諾爾帶隊去挑戰艾琳娜。

所幸烏德克派出了最有力的幫手艾斯提，這位萬能車夫的戰鬥能力跟他的辦事能力一樣好，應該不會有問題。

「半小時內一定要回來和我們會合，我沒法撐太久。」奈西臉色蒼白。

縱使他的魔力異常的多，然而眼下也幾乎用到見底了，扣除很早就召喚完畢的伊娃，他可是一口氣召喚了諾爾、霍格尼、亞蒙還有克羅安。

在把最後一隻幻獸召喚出來後，他差點腿軟，趕緊喝了點藍色藥水回復魔力才好了些，不過他還是很擔心半小時一到，召喚系統開始要求「續費」時，他會瞬間魔力歸零。

「交給你沒問題吧？」烏德克看向坐在馬車前方的艾斯提。

「當然，我哪一次讓你失望過？」艾斯提笑著說。「艾琳娜交給我們，你們快走吧，人質半小時內就會給你們送去。」

「走了，諾爾。」霍格尼坐在馬車裡，不耐煩地催促。諾爾依舊站在奈西面前，遲遲不肯移動腳步。

「諾爾？」奈西疑惑地仰頭。

諾爾輕輕摟住他的腰，把他拉向前，俯身在額上親了一口，低聲說：「我會為你，拿下勝利。所以你也一定，要成功。」

奈西愣了愣，才意識到諾爾做了什麼，他的臉頰無法控制地發熱起來，但見諾爾眼神認真，他用力地點點頭。

得到奈西的承諾，諾爾轉身踏上馬車。

「走，這次絕對要，拿下她。」諾爾堅定無比地說。這場不能失敗的行動就此開始。

艾琳娜的藏身處在王城中靠近芬里爾本家宅邸的某條暗巷裡，當他們接近目的地時，艾斯提停下了馬車。

「你真的打算這麼做，諾爾？」艾斯提略帶疑惑地問。

諾爾點點頭，他的手中握著一顆發光的水晶球，緊跟在霍格尼後頭下車。霍格尼根據龍族同伴給予的線索來到一棟平房前，在確認地點後，毫不猶豫地一腳把門踹開。

屋內的景象霎時映入他們的眼簾，裡面無比凌亂，看起來就像剛經過大戰。艾琳娜背對著大門，手持染血的匕首，目光緊盯著地上的一隻小龍。

小龍倒臥在血泊中，聽見門被破壞的聲音，他虛弱地抬起頭。

霍格尼睜大雙眼，正是這隻小龍出賣了艾琳娜的藏身處。

「你居然背叛了我……像你這樣的召喚獸，去死一死好了！爲什麼你們這些卑賤的畜牲就是無法明白自己的立場！」見艾琳娜準備一腳從龍頭踩下，霍格尼隨手抓起水瓶朝她用力扔去，但艾琳娜也不是省油的燈，她側身閃開，惡狠狠地瞪向諾爾等人。

「又是你。」她瞪著諾爾，目光充滿了瘋狂的恨意。「每次都是你來破壞我的計畫，要不是有你，我早就成功了。你奪走了我的地位還有我的龍，現在呢？你還想奪走什麼？」

「妳的命。」諾爾冷冷地說。

艾琳娜冷哼了聲，把小龍踢到一邊，朝諾爾等人走過去。

「就憑你？區區被人類奴役的低等生物還想反抗我這個菁英召喚師？別開玩笑了！」艾琳娜高聲怒吼，拿起了魔導書，同一時間，諾爾將手裡的水晶球砸到地上，整個世界隨即轉爲灰白，他們所在的空間與外界隔絕了。

「要戰就來，這次一定要拿下妳。」諾爾拔出劍，神色冷峻地宣告。

本來依魔族的專長來看，奈西建議諾爾可以偷偷溜進艾琳娜的藏身處，不過這個方案被諾爾否決了。可以的話，他想正面拿下這女人。而善於架設結界的佛洛伸出了援手，表示有辦法讓諾爾等人暫時進入一個結界空間內，避免戰鬥波及周遭。

把水晶球交給諾爾時，佛洛的臉上是帶著笑意的。他認爲諾爾有一點跟前任魔王很像，當該面對的戰鬥來臨時，都絕不逃避。

諾爾大可以直接把艾琳娜綁到召喚陣前，但他不想這麼做。

他要向她證明，縱使生來就是輸家，幻獸也有自己的尊嚴，他必須讓這個女人知道，幻獸不是能隨意踐踏欺辱的。而且他也要爲奈西報仇，艾琳娜三番兩次企圖害死他的召喚師，不可原諒。

「這裡交給我跟霍格尼，救那隻龍。」諾爾邊說邊後退，將艾琳娜引了過來，瘋狂的召喚師尖叫一聲，一隻手放上魔導書，霎時天空浮現召喚陣，一隻巨大的龍飛出，背上的契文散發灼熱紅光。

艾斯提伸手碰觸諾爾那把巨劍的劍身，刻在劍上的咒文亮起紫色幽光，這次諾爾真的將先前假扮魔王佩帶的傳說之劍拿來了。

諾爾躍到化為龍形的霍格尼背上，霍格尼咆哮著飛上了同樣呈灰白色的空中。

「怎麼啦，那個懦弱的孩子不在嗎？」狂風呼嘯，艾琳娜站在龍頭上，放肆地大聲嘲笑。「躲起來了嗎？這種窩囊的作戰法果然是席爾尼斯家的特色呢。」

「與妳何干。」諾爾冷聲回應。他從霍格尼背上跳起來，劍身冒出一團幽紫火焰，隨著他的揮舞以凶猛之勢朝艾琳娜與她的龍襲去。然而艾琳娜心念一動，巨龍立刻遵照她的意志側頭閃過火焰。

「媽的，你這意志薄弱的傢伙，明明是S級卻三兩下就被這瘋女人控制住。」霍格尼火冒三丈地對艾琳娜的龍怒喝，他再度往上飛，一口咬住巨龍的頸子，狠狠往下一扯，巨龍頓時重心不穩，下墜了好幾公尺，諾爾也趁機跳到巨龍身上。

諾爾雙目猛睜，整個世界瞬間陷入黑霧當中，他在黑暗裡仗劍疾馳，劃出一道紫色幽光，瞄準龍翅揮去月牙形的焰斬。骷髏的幽火成功對巨龍造成了傷害，巨龍疼痛地嚎叫，爲了拍滅翅膀上的火焰，整個身子向一旁傾斜。

艾琳娜緊抓著龍角穩住身子，她怒喝一聲，以強大的意志逼迫巨龍取回平衡，巨龍用力扭頭擺脫霍格尼，對紅龍吐出鋪天蓋地的烈焰反擊。

霍格尼低聲咒罵，轉身飛離，諾爾也趕緊伸手抓住龍尾，一羊一龍雙雙消失在黑霧中。

「把巨龍擊落。」諾爾說。「連同那女人的自尊一起。」

「還用你說！」霍格尼收起翅膀往下俯衝，整個身子狠狠撞上巨龍。

諾爾隨即朝上一躍，高高舉起巨劍，瞬間狂風四起，所有黑霧被巨劍吸收，與艾斯提的火焰融合，質變成漆黑幽火向巨龍攻去。

諾爾落在龍背上，身周環繞著黑火，猶如不敗的王者般傲立於風中，他每揮出一劍，劍氣就會化爲漫天黑色火焰襲捲巨龍。而當巨龍的橘紅火焰來勢洶洶逼近時，霍格尼毫不畏懼地迎上，與火焰擦身而過，並趁機咬住巨龍的腹部。

巨龍不甘示弱地反咬霍格尼的背，兩隻龍在空中激烈纏鬥，像是不把對方撕裂絕不罷休一樣。諾爾抓緊機會，雙手持劍猛力朝巨龍的背部一插，巨劍刺穿了堅硬的龍鱗，沒入巨龍體內，黑焰頓時從劍上炸開，整個龍背燃起熊熊黑火，巨龍淒厲地痛吼，轉瞬從空中墜落。

「開什麼玩笑！」艾琳娜瘋狂尖叫，她的意志制止了巨龍的落勢，巨龍痛苦地拍翅，回頭朝諾爾吐出龍火，閃避不及的諾爾立刻被烈燄吞噬。

「諾爾！」突如其來的狀況令霍格尼忍不住驚呼一聲，艾琳娜則得意地大笑。

「那種低等生物燒一下就死了，根本不能與S級相提並論！」

「妳廢話完了嗎？」

冰冷的聲音從龍焰中傳出，火焰隨之消散，一道黑色的身影浮現。

只見諾爾凜然佇立在巨龍背上，手持纏繞著黑火的巨劍，目光炯炯盯著艾琳娜。他的衣服雖然被燒焦些許，但基本上沒什麼大礙。

諾爾早就不是第一次被火燒了，對於應付這種情況駕輕就熟，在火焰襲來時，他立即以寬闊的劍身擋下大半，雖然還是被燒到了一點，不過死不了。

見諾爾還活著，艾琳娜的表情猙獰起來。「怎麼可能！像你這樣的貨色，怎麼可能還好好站在那！」

諾爾不予理會，他一個眼神示意霍格尼，霍格尼馬上撲向巨龍，又一次狠狠咬住對方的頸子。巨龍奮力地扭動脖子，叫聲撼動了整個空間，然而霍格尼的利牙牢牢嵌進了頸肉，說什麼也不鬆口。

趁巨龍被制住，諾爾再度揮舞起巨劍，他的動作如行雲流水，氣勢萬鈞，一劍接一劍砍在巨龍身上，巨龍胡亂拍翅，最後終於從空中摔落在地，揚起漫天塵煙。

這一摔自然也波及了艾琳娜，她被震得從龍頭上跌下來。

「可惡……」艾琳娜忍著渾身疼痛緩緩爬起，摔得頭破血流的她伸手摀著傷口，而當她抬頭時，諾爾就站在前方幾公尺處，全身籠罩在煙霧中。

「妳以爲，召喚體制能保妳一命？」諾爾緩步走來，露出絕不會在奈西面前展現的恐怖表情，粗暴地捏住艾琳娜的下巴，強迫她把頭抬高。「當所有幻獸，都想殺了妳時，妳絕對逃不過。妳的惡行惡狀，會被幻獸記在心中，到死也不會忘。奈西或許可以，原諒妳，但我不行。不管妳有什麼理由，敢做出這種事，就要，付出代價。」

「區區一隻幻獸竟敢——」

「吵死了，要叫囂等被丟到召喚陣上再叫囂。」霍格尼不耐煩地從後方一擊打暈艾琳娜，他已經受夠這女人了。

諾爾把失去意識的艾琳娜扛起來，正巧水晶球的效力也消失，灰白色的世界化爲碎片灑落在地，讓他們返回了現實世界。他們將艾琳娜丟到艾斯提的馬車裡，一行人飛快地離去。

「太好了，我還擔心你們打不過那個S級呢。」艾斯提以最快速度趕往宮廷，看著身旁的諾爾，他語帶笑意：「你會成爲很強的S級，諾爾。」

「我資質有限。」諾爾搖搖頭。他能有如今的實力已經很難得了，畢竟他原本屬於資質平庸的種族，跟生來就是S級的幻獸差很多，方才若不是有艾斯提的火焰支援與霍格尼的配合，單靠他自己也很難拿下艾琳娜。

「你最強的地方不是在於你的實力，而是領導夥伴的能力。」艾斯提解釋。「你很擅長整合大家的力量，無論是闖入宮廷救烏德克那次，還是這次，都凸顯了你在這方面的非凡天分。」

諾爾不太在意地聳聳肩，深知諾爾性子的艾斯提笑了笑，沒有再表示什麼。他已經可以料想諾爾的未來，總有一天諾爾會成爲強大的S級幻獸，且身邊圍繞著許多夥伴。

而無論諾爾達到什麼高度，奈西都會緊緊追隨，因爲他們約定好了，要邁向同樣的未來。

「接下來，就祈禱奈西順利完成任務了。」艾斯提眺望向遠方的宮廷。

「他可以的。」諾爾毫不猶豫地說。

他都成功擊敗S級召喚師了，他相信奈西一定也能成功，他的召喚師從未讓他失望。即使過去許多人都不看好奈西，連奈西自己也不相信自己，但無論何時，諾爾都認定奈西是個優秀的召喚師。

就算全世界的人都不相信奈西，也還有諾爾會全心全意地付出信任。

「他是我看上的召喚師，絕不會讓我失望。」

同一時間，身處宮廷的奈西正面臨一項任務。這個任務對他來說很困難，可是他必須靠自己完成。

他們已經憑著勒格安斯的能力潛入了宮廷，此刻奈西站在次元門前，手持魔杖，緊張地盯著門。

「好了，我會在這裡架設結界，趁著這段時間趕快畫召喚陣吧。」說完，佛洛便開始構築結界。

「你沒問題的，奈西。」待在次元門對面的魔王悲傷地笑著說。「請把這道門破壞吧。」

魔王的身後站著一群魔族德魯伊，那些德魯伊跟佛洛一樣穿著深色法袍，頭戴獸骨面具，整齊有序地揮著法杖，一步一步設下結界。

「對不起……謝謝你，雷德狄。」奈西從諾爾那裡得知了次元門對雷德狄的意義，因此充滿歉意。

雷德狄正要開口，克羅安卻搶過話頭：「不用謝他，這門早該被毀掉了。」

奈西尷尬地來回看了看哭喪著臉的雷德狄，與冷著臉的克羅安，最後決定不多說話。他盯著地面，深吸一口氣，魔杖隨之發光。

「奈西西加油！」伊娃站在奈西身旁，手持繪有祭品召喚陣的羊皮紙，奈西瞧了眼陣圖，展開動作。

魔杖頂端的水晶化爲筆尖，在地面留下發光的痕跡，奈西先畫了個大圓圈，接著繪出幾個幾何圖形。起初的基本步驟都還不難，但到了細節的部分，奈西便冒起冷汗。

他向來不擅長陣學，每當繪製細部時，他總是搞混。雖然他已經爲這個召喚陣練習了千百次，不過爲求謹慎，他不時對照伊娃拿著的陣圖，小心翼翼地畫。

「錯了。」烏德克開口。「這段咒文放的地方不對。」

奈西一愣，他低頭看了下自己所繪的召喚陣，臉色一白，將魔杖轉了一圈，用杖尾敲敲地面，畫到一半的召喚陣慢慢消失不見。

奈西再度深吸一口氣，重新畫陣。雖然他已經投入所有專注力在陣法上，可是過沒多久，烏德克又提醒他畫錯了。

奈西知道自己沒有時間沮喪，只能一次又一次地嘗試。眼看時間逐漸流逝，召喚陣仍未能成形，奈西不禁焦慮起來。在這樣的情況下，他更加無法集中精神，甚至越畫越糟，最後連一個簡單的圓都畫到顫抖。

「奈西，不行的話就讓我來吧。」察覺奈西狀態不佳，烏德克嚴肅地提議。身爲一個老師，雖然主修歷史學，他的陣學也不會差到哪裡去。

奈西搖了搖頭。關於這個召喚陣的資訊太少，他擔心以烏德克的魔力畫出的召喚陣，會變成只有烏德克能使用，但將艾琳娜送走一事，他必須自己來。諾爾跟霍格尼的仇，必須由他們的召喚師來報。

「我、我沒問題。」話雖這麼說，一想到時間快要不夠，自己又不擅長陣學，奈西便有些發暈。在眾人對他投以擔憂的目光時，他想到了諾爾。

諾爾說過會爲他拿下勝利，所以，他也一定要成功。

縱使即將面對的是S級召喚師，諾爾依然沒有畏怯，因爲諾爾相信著自己，也相信奈西。

奈西眨了眨眼，他的視野逐漸明朗，腦袋也清楚起來。

「沒問題的，我可是諾爾瑟斯的召喚師。」他長吁一口氣，眼中充滿了堅決與專注。

他畫出一個圓圈，接著，記憶中的召喚陣彷彿活了起來，清晰地呈現在眼前。他一筆一畫勾勒出線條，塡上魔法咒文，不再去看伊娃所拿的範本，因爲他已經練習了千百次，無論是憑藉身體的反射動作還是記憶，都該能描繪出召喚陣的樣子。

每一筆落下，都包含著他對未來的期望，以及想要與夥伴們一起活下去的渴望。

時間一分一秒過去，召喚陣慢慢成形。終於，奈西劃下最後一道線條，接著用鑲著水晶的魔杖頂端往陣上一敲，整個召喚陣發出耀眼白光，開始運轉。

「成功了！」奈西感動萬分地看著召喚陣，一旁守候的眾人也大大鬆了口氣。

「太好了奈西西！」伊娃興奮不已地朝奈西撲過去，她陪奈西練習了無數次，最明白他在這個召喚陣上下了多少苦功。

烏德克的神色也變得和緩，摸了摸奈西的頭。「你做得很好，我問問看艾斯提進度如何。」

「等我的部下傳來他們抵達的消息後，我會叫勒格安斯去接他們。」克羅安開口，活像他也是勒格安斯的召喚師。

奈西點點頭，望向窗外，語氣堅定。「諾爾一定會贏的，我相信他。」

如奈西所料逮住了艾琳娜的諾爾一行人，正妥妥地坐著馬車離開芬里爾本家宅邸所屬的高級住宅區。

夜晚的昏暗加上諾爾的黑霧加持，令街上的人們幾乎只能隱約看見馬車的輪廓悄然經過。目前爲止看似很順利，但沒過多久，車廂內突然爆出怒吼聲，接著是一陣騷動。

坐在馬車前方的艾斯提跟諾爾無語地回頭，望向待在車頂的霍格尼，就是他把人打暈的。

「看、看什麼看！不是要抓活的嗎？人類這麼脆弱，我怎麼知道該怎樣控制力道？稍微一用力她的頭就斷了好嗎！」霍格尼趕緊撇清責任。

艾斯提嘆了口氣。「你們把她扔進車裡前，至少有先收走她的魔導書跟身上的飾品吧？」

「……沒有。」諾爾這才驚覺大事不妙。他跟霍格尼對這女人的想法都是眼不見爲淨，所以一走回馬車邊便立刻把人扔進去了。

「……」

像是呼應諾爾的不祥預感，馬車忽然劇烈震了一下，艾斯提猛地煞車，語氣充滿驚恐：「你們綁架的可是召喚師啊！對付召喚師不拿走她的法器是哪招！」

下一秒，車門被撞開，一隻小龍從裡面飛出來，摔落在地滾了好幾圈，同時艾琳娜也爬下車，狼狽地狂奔而去。

「別讓她跑了！」艾斯提驚慌地大喊，諾爾和霍格尼同時要追，然而艾琳娜隨即控制小龍吐出一團足以凍結身軀的寒霧。

寒霧瞬間擋住諾爾等人的視線，也阻礙了他們的行動，當他們解決這隻麻煩小龍時，艾琳娜已不見蹤影。

「居然有這種事……烏、烏德克交代給我的任務，我居然會執行失敗……」艾斯提大受打擊地抱著頭，語氣充滿了不敢置信，他千算萬算，就是漏算了雷隊友出包的可能性。

「還有機會抓回。」諾爾很快冷靜下來，他非常清楚艾琳娜的目的。「這附近就是，芬里爾本家。」

「那女人肯定想召喚龍王報仇，開什麼玩笑！別讓她得逞！」霍格尼張開翅翼，熟門熟路地衝往本家，諾爾和艾斯提緊隨在後。

他們很快抵達豪華的大宅，當諾爾跟艾斯提俐落地翻過圍牆，一腳踏進花園時，在附近巡邏的守衛龍立刻發現了他們，發出低沉的威嚇聲。

「愚蠢的東西，膽敢踏入芬里爾家就要有被撕碎的準備——咦，這不是吃人龍跟勇者家的魔族夥伴嗎？」威嚇到一半，一看清入侵者是誰，守衛龍的態度便一百八十度轉變，輕鬆地跟他們打招呼。

另一隻守衛龍也發現了他們，好奇地打量。「幹什麼？闖入這裡做啥？想協助你的主人半夜幽會？那個叫伊萊的召喚師可不住這，走錯地方了。」

「沒時間跟你們開玩笑！」霍格尼氣急敗壞地說。「艾琳娜來過了嗎？」

兩隻龍互看一眼，都露出猶豫的表情。

「剛才確實有看到那個瘋女人翻牆進來，但不能攻擊白毛是這裡的鐵則，所以我們只能攔下她，並通報主人。後來有個召喚師出現，迅速帶她進屋了。」

「媽的，哪個叛徒敢帶她進門！她不是被這個家驅逐了嗎！」霍格尼暴怒，這就是他對芬里爾家從沒有好感的原因，不管他們的召喚師有多可惡，他們還是一而再、再而三地袒護自己人。

「因為他們走得很匆忙，我們也沒瞧清楚長相……」可憐的守衛龍慚愧地說，他們也想逮住這個窮凶極惡的召喚師，可是芬里爾家的規矩更重要。

「好像穿著鎧甲？」

「對！穿著鎧甲！」

「……納尤安。」霍格尼瞇起眼，他握緊拳頭，怒火中燒地看向屋內。「那個混帳……」

諾爾拍拍他的肩。「先進去找人。」

霍格尼勉強壓下怒火點了點頭，邁開步伐，諾爾跟艾斯提也跟了上去。

「等、等等，你們畢竟不是白毛，我們得先通知召喚師——」

「不想讓那女人召喚出莉芙希斯就給我讓開！」

一聽到龍王的名字，兩隻守衛龍立刻乖乖閃開。

雖然已是深夜，不過芬里爾家畢竟人多且戒備森嚴，三隻顯眼的幻獸一踏入屋內理所當然引起一陣騷動。

在芬里爾家的人發難之前，霍格尼率先用宏亮的音量咆哮：「沒時間跟你們瞎耗！艾琳娜已經闖入這裡要搶那頭母龍的契文了，如果不想讓災禍發生，就快給我找到她！」

此話一出，連正在熟睡的召喚師們都被驚醒，消息飛快傳開，整座大宅陷入一片混亂。

「眞的假的？艾琳娜回來這了？」

「快把所有候選召喚師都叫來！絕不能讓她召喚出莉芙希斯大人！」

芬里爾家的召喚師們都嚇得不輕，龍王是至高無上的存在，只有被選中的召喚師才有資格召喚，若由不對的召喚師喚出，將會招致災難，這是他們從小就被灌輸的觀念。

「大家冷靜點，納尤安不可能讓她拿到契文的。」這件事自然也驚動了龍王召喚師，半夜醒來聽聞此事，他整個人都不好了。但他是族長，還是得擺出威儀。

「那個人嚴守芬里爾家的紀律，肯定已將她擒拿——」

「你們根本不了解事情的嚴重性！」霍格尼一聲怒吼打斷了龍王召喚師的話，所有人頓時安靜下來，沉默地望著他。

霍格尼被艾琳娜的意志壓迫過千百次，透過契文傳來的記憶他看了太多太多，所以他雖然痛恨艾琳娜，卻也比誰都了解她。

「難道你們不覺得奇怪嗎？爲什麼你們每個人都深信龍王是崇高的存在，完全沒有想駕馭龍王的狗膽，納尤安的女兒卻認爲龍王可以控制？那是因爲，她從小受到的教育就是這樣啊混帳！那個天殺的老頭一直讓她認定莉芙希斯可以駕馭、莉芙希斯跟我們這些幻獸沒什麼不同，都是得服從人類的奴隸，只是欠缺一個關鍵的召喚師調教而已！」

霍格尼神色陰沉。「納尤安做不到，也不想拿自己的命來賭，所以他把希望寄託在女兒身上。不然那女人爲何還活著？就是因爲納尤安想看看走入魔道的艾琳娜究竟能不能成功！反正召喚龍王的風險不是由他承擔！那傢伙就是造成這一切的始作俑者，如果他認爲時機成熟了，肯定會讓艾琳娜召喚出龍王！」

語畢，現場鴉雀無聲。有人表情複雜，有人陷入猶豫，有人則臉都綠了，例如龍王召喚師。

終於了解事態嚴重性的龍王召喚師不得不認真起來，稍早他才召喚過莉芙希斯，還在冷卻時間，而按照輪班表，此時被允許召喚龍王的候選人又正好不在本家，因此他伸出手，對整個廳堂的召喚師下達了命令。

「快把納尤安找出來！以那傢伙的能耐，肯定能弄到龍王契文，絕不能讓他得逞！」

「父親啊……父親……求求您，讓我召喚龍王吧。」昏暗的房間內，一道飄忽的嗓音響起，語氣宛若缺乏毒品的毒癮者那般。「我一定不會使您失望，我會成爲下一個傳奇的龍王召喚師，令整個世界都臣服在我的腳下。」

「……」

「我現在正被追殺，只有龍王能解救我的困境。那個席爾尼斯家的混蛋仗著自己魔力多就欺壓我們，您願意放任這種事不管嗎？」

納尤安瞇起眼，審視著自己的女兒。

原本就異常偏執的艾琳娜，被諾爾和霍格尼打敗後，執念更加強烈，到了彷彿沒有龍王便無法活下去的地步。此刻她的眼中除了召喚龍王以外，容不下任何事物了。

事實上，方才獲報得知艾琳娜回到本家時，納尤安是訝異的。他以最快的速度帶走了艾琳娜，畢竟如果被其他族人發現，艾琳娜肯定會被囚禁。

艾琳娜之所以能一再地逍遙法外，其中當然有他介入。他可以爲了得到龍王而出賣所有召喚師，因此艾琳娜的所作所爲對他來說根本不算什麼，只是爲了維持在族中的地位，他必須做做樣子。

他曾爲艾琳娜走入魔道而惋惜，但如今，看見艾琳娜的模樣後，他好像明白了什麼。

這個女兒跟他一樣，傾盡一切只爲成爲龍王召喚師，只是他們選擇的方法不同而已。

艾琳娜，他當初最不看好的孩子，到頭來卻是最像他的一個。

「一旦無法控制龍王，就會造成難以想像的災難，妳也必須付出代價。妳敢承擔這樣的風險嗎？」

「有什麼好不敢的？」艾琳娜呵呵笑著。「無法駕馭龍王的艾琳娜沒有存在的必要。」

納尤安仔細地打量她，沉默良久，他點了點頭，從懷中掏出一枚戒指。

這是他當年作爲候選人得到的戒指，雖然在下一任龍王召喚師選拔開始後，戒指便繳回了，不過憑著他在族裡的地位，低調拿回戒指不是難事。

如霍格尼所說，納尤安並沒有放棄駕馭龍王的夢想，所以這枚戒指他一直帶在身邊。他親身體會過龍王的可怕，但他依舊不願屈服。

莉芙希斯擁有踏平整個國家的實力，然而這份可怕的力量，她連一丁點也不肯借給人類，一心只想讓所有幻獸重獲自由，納尤安認爲這簡直是暴殄天物。身爲一個野心勃勃的召喚師，渴望的東西就近在眼前，卻不能觸碰，這令納尤安無法甘願。

「駕馭龍王，將這個世界拿下。」他將戒指放在掌心，遞到了艾琳娜面前。他剛剛給艾琳娜喝了不少補充魔力用的藍色藥水，應該已經勉強能召喚龍王。

在他的理想烏托邦裡，只有他，以及被他選定的人能當召喚師，其他人類和幻獸一樣受他統治就夠了。

艾琳娜喜孜孜地戴上戒指，此時房門被狠狠撞開，來者正是諾爾一行人。看到這一幕，諾爾二話不說拔劍砍過去，可是納尤安也迅速拔劍擋住了他的攻擊。

「我的烏托邦裡，不需要你們存在。」對上諾爾難以置信的目光，納尤安冷冷拋下這句話，而艾琳娜高喊出聲。

「召喚，龍王莉芙希斯！」

一道滿溢白光的召喚陣在眾人眼前浮現。

揚著深色龍翅的女子優雅地飛出召喚陣，她收起翅膀，輕巧地落在地面，睜開了紅寶石色的雙眼。

她開始尋找自己的召喚師，但是環顧了室內一圈，發覺在場沒有一個是她所選定的候選人後，她立刻露出令人不寒而慄的冰冷神色。

「召喚我的人是誰？給我說清楚。」

「是我啊哈哈哈哈！」艾琳娜狂妄放肆的笑聲響徹整個房間，莉芙希斯轉過身，與她四目相接，兩個女人的意志鬥爭瞬間展開。

刻於龍王鎖骨上的金色契文發出光芒，但莉芙希斯不為所動。兩人盯著對方，表面上看似平靜，意志間的較量卻已是暗潮洶湧。

「天啊，莉、莉芙希斯陛下！」龍王召喚師率領著一批人馬趕到了，一看見莉芙希斯，他頓時臉色慘白。

「納尤安！陛下待你不薄，你居然敢做出這種事！」他指著納尤安，氣得渾身顫抖。

「若這世上眞的出現能控制龍王的召喚師，我就不信你還會說這種話。」納尤安的回應十分冷淡。

「不可能！莉芙希斯陛下可是至高無上的存在，怎麼可能受任何一個召喚師擺布！」龍王召喚師揮了揮手。「給我上，拿下那兩人！」

「如果我的女兒成功控制龍王，出手的人日後統統得死。」納尤安沉聲威嚇。

兩位主導芬里爾家的大人物狠瞪著彼此，底下的召喚師們則嚇得不敢說話，全都僵在原地。若艾琳娜眞的控制了莉芙希斯，那麼芬里爾家從此風向將徹底轉變，他們寧願讓時間證明結果，也不願現在就賭錯邊。

「陛下，我見識過您的意志千百次，您不可能會輸給那個女人對吧？陛下——」龍王召喚師苦苦呼喚著不發一語的莉芙希斯。

兩個女人對峙的時間並不長，但對旁觀的眾人來說，時間彷彿流逝得特別緩慢，每分每秒都是煎熬。就在諾爾以爲可能得等上幾小時才能分出勝負時，其中一方開口了。

「可惡……」出聲的竟是莉芙希斯，她的表情有些痛苦，摀住了頭。「開什麼玩笑，憑妳也想……控制我？」

「下地獄去吧！這副軀體不需要妳的意志！」艾琳娜大笑出聲，莉芙希斯的金色契文光芒更加耀眼了。

「不可能不可能！我怎麼可能會輸給一個人類！」莉芙希斯惡狠狠地說，想伸出手攻擊艾琳娜，然而下一刻，她又顫抖著收回手，抱頭跪在地上。

在場所有人都驚呆了，唯獨龍王召喚師哀號一聲，拚了老命撲向艾琳娜，卻立刻被納尤安狠狠推開。

「你的時代結束了。」

「不——陛下！不管您的願望是什麼，我都會替您達成，您不能在這裡輸掉啊！」龍王召喚師的哭喊迴盪在房間內。

莉芙希斯看了他一眼，神色略顯恍惚。她朝龍王召喚師伸出手，艱難地說：

「我可能到這裡爲止了，你一定要替我……解放幻獸……」

「莉芙希斯陛下！」

「——你當眞了啊？」

此話一出，室內轉瞬鴉雀無聲。

莉芙希斯一秒恢復平靜，掃視在場所有人的模樣，滿意地揚起嘴角。

「哈哈哈！你們開什麼玩笑，居然所有人都當眞了？而且一堆人對我見死不救，是不是該趁機肅清了呢？」她不顧錯愕的眾人，豪邁地捧腹大笑，而艾琳娜則是難以置信。

「怎、怎麼可能！妳不是——」

「妳以為妳那區區幾十年的執念能比我更深？處處被否定的痛苦會比我來得痛？我活了上千年，當初家破人亡、整個家鄉都被摧毀，而我卻還是得活下來，親筆簽下那該死的召喚條約！」莉芙希斯越說越激動，咬牙切齒，一字一句都充滿了憎恨。「你們想毀了這個國家，我又何嘗不是！但我是王，就算再恨，也只能放下，因為我的任何決定都會影響幻獸界的未來！明明有滿腔的憤恨與悲傷，仍得為了我的同胞而強自壓抑，這樣的意志哪是你們這些壽命短暫的人類能比擬的！我的意志會變得如此堅強，不全是你們害的嗎？妳不過是個恨意的聚合體，根本不足掛齒！」

說完，她瞪著芬里爾家的召喚師們。「而且你們這些傢伙是怎麼回事？這女人觸犯了禁忌，竟然沒人阻止？我不是說過，除了我選定的召喚師以外，誰都不能召喚我！」

她的翅膀展開來，口中的尖牙更顯銳利，凡人的偽裝從她身上褪去，猛獸的氣勢盡顯，令所有人都感到巨大的壓力。那是一種打從心底想順從本能跪在這名王者面前的恐懼。

「媽的，是龍之威嚇，S級才有的東西。」霍格尼低聲咒罵，好在莉芙希斯沒有聽到。

「幾百年前，我就立下了這個規矩，絕不能讓沒得到許可的人召喚我。這是最重要的原則，也是我的禁忌，如果連這點都做不到，那我也沒有跟你們合作的必要。既然破壞了規矩，我想這代表你們不想要和平了？日子過得太安逸，所以忘了我的可怕？那就讓你們體會一下，上一次觸犯禁忌召喚我是什麼下場！」

她張開嘴，以人形之姿發出驚天動地的咆哮。

這本該是處於龍的形態才能發出的吼聲，但莉芙希斯對外形的操控已經出神入化，即使不化爲原形也毫不妨礙。

她的吼聲與霍格尼不同，霍格尼的吼聲帶著恐懼的力量，她的吼聲則附帶破壞之力，屋內的玻璃因此全被震碎，地面不斷搖動。

整座王城都被龍王的咆哮驚醒，這個不存在地震的國家破天荒地天搖地動起來，從未經歷過地震的居民們個個嚇壞了。

許多房屋的牆壁龜裂，較爲脆弱的屋瓦坍塌而下，室內的家具統統倒成一團，即便逃到街上，令人恐懼的大地震仍持續著。

而震央芬里爾本家宅邸理所當然受到最強烈的衝擊，縱使宅邸是以高級的堅固建材建成，仍免不了被損傷。

龍王帶來的恐懼更勝恐懼之龍霍格尼，王者的怒吼使所有生物都無比畏懼，也造成了實質的破壞。居民紛紛逃出了家，哭喊著祈求這一切趕快結束，而遠在宮廷的奈西等人也聽見這可怕的咆哮，在地面搖動的當下，奈西抓緊身旁的烏德克，叔姪倆抱在一起，錯愕不已。

「怎麼回事？」

「這個聲音……不會有錯，是龍王的吼聲！」克羅安驚恐地說。「能讓龍王發出這等怒吼，肯定發生了什麼大事！可惡，我的部下沒有回應，諾爾他們可能就在龍王附近。」

「他們不會有事吧？」奈西十分擔憂。

「龍王是站在幻獸這邊的，應該不會有事。」

「嗯……希望如此。」

這場地震根本是無差別攻擊，此刻除了伊娃跟克羅安，霍格尼、亞蒙跟諾爾都在別處執行任務，奈西能做的也只有相信他們。

他閉上眼，透過契文將意志傳達給遠方的自家幻獸們。

「拜託……一定要平安回來。」

「我的天啊，這一吼眞是驚人，怪不得這些傢伙這麼怕龍王發怒。」在摀著耳朵倒的倒、哀號的哀號的人群中，艾斯提感嘆地說。

由於艾斯提沒有耳膜，身軀又是堅硬的骨頭，因此還承受得住音波攻擊。但他感覺得出來，莉芙希斯並未使出全力，這名擁有破壞之聲的王者當年肯定是最難攻克的幻獸之一。

在這場音波攻擊中，最痛苦的大概就屬召喚師們。人類的身體不如幻獸那般強壯，近距離面對簡直是酷刑。艾斯提很慶幸烏德克跟奈西不在這裡，否則不死也剩半條命。

在龍王的吼聲中，還能隱約聽見一個尖叫聲，來源正是艾琳娜。她跪在地上抱著頭，臉上的表情因痛苦而完全扭曲。

「不會吧……」艾斯提呆愣地來回看著莉芙希斯與艾琳娜，心中有了一個不可思議的猜測。

意志的流動向來是單向通行，只有召喚師能傳遞給幻獸，幻獸僅能抵抗，無法傳達自己的意志回去。艾斯提以爲這是召喚術的鐵則，可他似乎錯了。

吼聲戛然而止，莉芙希斯面無表情地掃視倒在地上顫抖的召喚師們，最後目光落到了納尤安身上。

「天邪說的沒錯，你這傢伙總有一天會鑄下大錯。」莉芙希斯走向納尤安，雙手環胸，神色冰冷地睥睨。「因為你還有利用價值，我就饒你一命。但是記住，若膽敢再破壞與龍族的協定……絕對不會讓你有好下場。」

話音落下，她一腳狠狠踩上納尤安的腿，那股蠻力讓整條腿硬生生地扭曲凹陷。納尤安發出悶哼，神色猙獰而不甘地瞪著莉芙希斯，不過龍王沒把他放在眼裡，逕自轉向雙目無神，像具空殼般跪在原地的艾琳娜，沉聲說：「讓我回去。」

召喚門聽話地開啟，莉芙希斯勾了勾手，艾琳娜有如殭屍般僵硬站起，舉步走過去。

「來吧，孩子。妳觸犯了我的禁忌，該付出代價了。」莉芙希斯攤開雙手，揚起令人發寒的微笑。「從此以後，妳是我們的人了。」

她牽起艾琳娜的手，身子往後一倒，拉著艾琳娜一同跌入召喚門。

「哎呀，是不受召喚條約保護的人類啊，兄弟。」

「不知道這個人能不能吃呢？如果是龍王帶回來的，就能狩獵了吧？兄弟。」

充滿惡意的笑聲迴盪，直到召喚門消失不見。

突如其來的轉折，再加上龍王的音波攻擊，使眾人半晌都沒回過神，最後是艾斯提的一聲慘叫驚醒了大家。

「不——我們的祭品！」他像是被雷劈了似的，崩潰地跪在地上，事情的發展太出乎意料，他來不及反應。

臨行前，艾斯提還信誓旦旦向烏德克表示不會讓他失望，結果卻食言了。這樁雷隊友所引發的慘案令骷髏車夫欲哭無淚，誰知放跑一個艾琳娜會導致整個貝卡大地震，連艾琳娜本人都被帶走了。

「媽的，帶走人之前不會先問一下嗎！」霍格尼氣壞了，他從以前就看那些龍族高層不順眼，他們做事從不顧慮別人的想法。

「……」諾爾也受到了打擊。他費盡千辛萬苦，好不容易拿下艾琳娜，結果竟被龍王帶走了。

「沒辦法，只能先回去了。」艾斯提失魂落魄地說。

「所以我才討厭芬里爾家，每次有壞事肯定少不了他們的份！」霍格尼啐了一口。

「等等宮廷派人來，不准提起我們。」諾爾說。「不想再讓，你們家龍王生氣，就照做。」

一聽到生氣兩字，在場的召喚師們無不打了個哆嗦。

諾爾等人走過擺設倒得一塌糊塗、地上滿是碎玻璃的長廊，返回了馬車上。

「唉，走吧，現在包袱沒了，能直接使用傳送召喚陣回家了。」艾斯提沮喪地開啟通往烏德克身旁的召喚陣，回到宮廷與眾人會合。

一看見馬車出現，奈西連忙上前迎接。

「你們還好嗎？」他慌慌張張地打量彷彿吃了敗仗的幻獸們，確認大家都平安後，才鬆了口氣。

「我們很好，可是祭品被帶走了。」艾斯提摀住臉，對於這個失誤感到十分慚愧。

「帶、帶走？」

諾爾悶悶不樂地解釋：「我們打贏艾琳娜，但她中途逃跑，逃回了芬里爾家，在伊萊爺爺的協助下，召喚出龍王。龍王暴怒，發出怒吼引起地震，最後把艾琳娜帶去了幻獸界。」

面對這個狀況，眾人都不知道該說什麼。

現在唯一的祭品沒了，次元門也破壞不成了。

「怎麼辦……難道要去地牢抓犯人過來嗎……」奈西猶豫地看了看門，擔憂地思索。

烏德克盯著奈西的側臉，陷入沉思。

「奈西。」而後，像是下定了決心，他語氣嚴肅地開口。「讓我站上這個召喚陣吧。」

此話一出，所有人都愣了。

意識到烏德克是認眞的，奈西激動地拒絕：「我怎麼可能讓你犧牲！」

「你主要是擔心祭品在幻獸界會活不下去，所以無法下手，但如果祭品是我，就不用擔心這件事了。」烏德克看了一眼自己的魔族夥伴們。「魔族是我們的朋友，他們會接納我的。」

「你知道我不會這麼做！」

「奈西——」

「你知道我寧願犧牲別人，也不願犧牲你！好不容易能跟你相認，與你一同幸福地生活，我怎麼可能會再讓你走！」奈西撲上前，用力地抱緊烏德克，聲音有些哽咽。「我的未來要有你。如果你不在，我也……」

「奈西。」烏德克拉開奈西，抹去他眼角的淚水，神色和緩了些，語氣轉爲溫柔。「你是個優秀的召喚師，總有一天會像你爸爸一樣發光發熱，這個世界需要你。你的身邊有許多優秀的幻獸，有他們的陪伴，你沒問題的，而且我並不是死了，我們依然可以通信，你也可以透過諾爾他們得知我的消息。」

「我不要……」

「聽我的話，好嗎？」烏德克摸摸奈西的頭。「讓席爾尼斯家的宿命在我這一代終結吧。雖然我沒法救回你父母，但至少我可以把詛咒帶走，還你美好的人生。」

奈西沒想到烏德克對當年的事如此耿耿於懷。望著烏德克眞摯的神情，他的胸口彷彿被揪住一樣，難以呼吸。

「這樣眞的好嗎？」奈西悲傷地說。「距離擺脫勇者的宿命只剩一步，這不是你一直期待著的事嗎？爸爸他想看見的，肯定不是你犧牲後的未來，而是我們兩個一起活下去的未來。」

烏德克愣了愣，眼神轉爲複雜。

「爸爸在生前留下的錄影中說過，你喜歡幻獸歷史學，所以他猜想你長大後可能會去當幻獸歷史學老師，還說這是很適合你的工作。爸爸他肯定很希望能看到你幸福地活著，現在離眞正的幸福這麼近，你眞的要就此放棄嗎？」

「……」

「你因爲當年沒有救回爸爸媽媽，一直難以釋懷對吧？我也是啊……我也因爲自己意外活下來……而非常慚愧。」

「奈西……」

「我的心情跟你一樣，我也希望能夠補償你。而我唯一想得到的辦法，就是破壞次元門，讓王族放棄我們。」說到這裡，奈西的話音帶了一絲哭腔，眼眶微紅。

「我就快要讓你擺脫這個命運了……所以別再說什麼要犧牲自己的話……」

烏德克深深凝視著奈西，而後伸出顫抖的手摟住他，低頭埋在他的肩窩，久久無法言語。

這是烏德克有生以來第一次覺得自己的存在很重要，也是第一次眞切地體會到自己在某個人心中的分量。

「如果烏德克眞的感到愧疚，就留下來陪在我身邊，我已經失去父母了，不能再失去你。沒有你的未來肯定不會美好。」奈西苦苦哀求，聞言，烏德克終於投降。

「對不起，讓你難過了。我不會再說這種話了，一起想想其他辦法吧。即使得背負沉重的罪孽……我們也要一起活下去。」

奈西點點頭，緊緊回抱住他。

「哎呀，發生什麼事了，我錯過什麼了嗎？」

一個聲音在門口響起，奈西回頭一看，來者正是去執行公主救援任務的亞蒙。

顯然亞蒙的行動十分順利，只見公主毫髮無傷跟在他身後，旁邊還伴著處於高度興奮狀態的勒格安斯，他正喋喋不休地跟公主討論著方才的大地震。

「亞蒙……」奈西用快哭出來的聲音呼喚。

發覺自己錯過的似乎是大事，亞蒙趕緊走到奈西跟前，伸手輕輕抹去自家主人眼角的淚水，以令人安心的語氣說：「怎麼了？遇到困難了嗎？有任何問題都可以跟我說，我可是隻能幹的幻獸，能幫上你的忙的。」

奈西點點頭，他放開烏德克，開始說明目前的窘境。

時間一分一秒過去，講述著來龍去脈時，奈西的臉色十分蒼白。他知道自己沒剩下多少時間，再過不久，諾爾他們就會統統被遣返幻獸界。

「……事情就是這樣，我們失去了祭品。」奈西肩膀一垮，垂頭喪氣地作結。

亞蒙轉向在場的其他幻獸，他可以感覺得出來，這群夥伴已經準備好等奈西一聲令下，便馬上抓個人來獻祭。在沒得選擇的情況下，這確實是唯一的辦法。

出乎意料的，在他開口前，唐娜公主發話了。

「所謂的祭品……就是指去隔壁的世界當居民嗎？」她舉起手，有些猶豫地問，目光飄向那道次元門。

奈西與烏德克面面相覷，一起點了點頭。

「這麼說雖然沒錯，但那裡是不受契文約束的世界，人類過去的話，必須承擔被幻獸攻擊的風險。」烏德克凝重地說。

「如果待在深淵……生存機率應該會高一點，畢竟魔族對人類很友善。」奈西不太確定地補充。

「哪有那麼簡單，就算去了深淵，問題也很大。」霍格尼嘖了一聲。「幻獸界還是有許多討厭人類的幻獸，一旦他們知道深淵有不受召喚條約保護的人類，肯定會第一時間殺過去。」

「所以才說是祭品，在弱肉強食的幻獸界，手無縛雞之力的人類活下去的可能性太低了。」雖然不太想贊同霍格尼的話，亞蒙仍出言附和。

唐娜公主逕自走向次元門，她將手放到透明結界上，望向了深淵。

傷心欲絕的雷德狄不想目睹次元門被破壞的場景，已經先去一旁休息了，此刻站在門對面的都是佛洛的同族。

他們對公主點了個頭問好，這些魔族德魯伊長年居住在深淵森林的深處，鮮少與人交流，像佛洛這樣的例子終究是少數。

其中一名德魯伊身形特別矮小，所戴的獸骨面具也明顯比其他人的新，沒有歷經風霜的感覺。他左顧右盼了一下，而後跑到次元門前，朝公主伸出手。

他的手中有一朵盛開的白花，在貧瘠的深淵裡很難見到擁有這等生命力的花朵。小德魯伊歪了歪頭，似乎在期待公主的反應。

唐娜綻開一抹笑容，見狀，小德魯伊發出尖細的歡笑聲，小心翼翼地將花放在次元門前，溜回了老德魯伊們的隊伍裡。

這個插曲似乎讓唐娜公主堅定了決心，她轉過身，踏著平穩的步伐慢慢走向奈西等人。

「請讓我過去吧。」

「什麼？」奈西錯愕地喊，其他人也都呆了。他們都還沒決定要抓誰呢，怎麼又有人自告奮勇要去當幻獸界的居民了？

「時代已經不同，我們與幻獸的關係不再像以前那般險惡，願意與我們成爲朋友的幻獸越來越多。就算生活在不一樣的世界，我們依舊能建立起深厚的羈絆。」公主笑著說，她的眼中毫無懼意，語氣也相當沉著。「所以，該有人踏出第一步了。即使沒有召喚條約與契文，人類與幻獸也能和平共處，我想證明這點。」

「別拿自己的命開玩笑啊，唐娜。」亞蒙一反平日輕佻的模樣，聲音充滿了焦慮。「在那個世界，肯定會有人對妳抱持敵意，妳若沒點本事，即使在深淵也很難活下來。」

「我知道。」

「那爲什麼——」

「因爲這是我的責任。」唐娜看著亞蒙。「我們的開國先祖大魔法師貝卡造成了一切，身爲這個國家的公主，我有責任扛起這份罪孽。」

說著，她垂下目光。「父王之所以囚禁我，是因爲他太過害怕這世界沒了召喚條約保護，會再度陷入戰爭。他不信任幻獸，也不信任沒有召喚條約束縛的世界，所以我想親自證明。」

「可是，妳不是有想見的人嗎？」亞蒙哀傷地問。「一旦去了幻獸界，就再也無法見到妳想見的人了，這樣妳也願意嗎？」

唐娜公主的眼中終於出現一絲猶疑，內心掙扎起來。她回頭望了眼次元門，接著看看奈西與烏德克，再看看在場的幻獸們，最後深吸一口氣。

「無數勇者爲我們放棄了未來，如果我只顧追尋自己的夢想，而放棄應盡的義務，對勇者而言豈不是太不公平了？」

「唐娜……」

轉過身仰望著高聳的次元門，唐娜心中再無遲疑。「所以我必須去。這是我身爲召喚之國的公主應該做的。最後一道次元門，就由我來終結。」

至此，亞蒙明白公主心意已決，他對奈西輕輕頷首，退到了後方。

「眞的可以嗎？妳不後悔嗎？」奈西猶豫地問。他知道，自願犧牲需要相當大的勇氣。

「沒問題的，請讓我成爲祭品吧，勇者大人。」唐娜優雅地向奈西行了個禮，站到了召喚陣上。

見狀，奈西也下定了決心。他點點頭，拿起魔杖。

「那麼，我要開始了。」他深吸一口氣，用魔杖敲了下地面，霎時召喚陣發出強烈亮光，緩緩運轉起來。高舉同樣在發光的魔杖，奈西喃喃唸出咒文。

「偶然連接起兩個世界，在宇宙意志之下誕生的次元門。」狂風隨著他的念誦颳起，奈西將魔杖指向公主，聲音堅定而有力。「在此獻上我的同族當作祭品，獻予彼端的世界。此人將永世不得回歸我界，從此作爲彼端世界的奴僕。」

一股強大的蠻力粉碎了次元門的結界，門框也應聲碎裂，次元門的形狀開始變得不穩定。無論是對面的遺忘森林，還是這邊的宮廷房間都狂風大作，眾人必須拚盡全力才能穩住腳步。

在一片風暴中，奈西看見站在召喚陣上的公主回頭望了所有人一眼，接著閉上眼睛，神情不帶著任何對人間界的眷戀，露出淡淡微笑。

這個笑容給了奈西最後的力量，他將剩餘的魔力全部灌注在魔杖上，喊出咒文的結尾。

「以此爲條件，彼端的世界，請斷開雙邊的聯繫吧，從此兩個世界不再相連。」

次元門頓時急速擴張，隨即砰的一聲，整個爆炸消失。唐娜公主的身姿逐漸化爲細沙隨風散去，召喚陣也失去蹤影。

「眞的消失了啊……」在下屬通報次元門即將被摧毀時，雷德狄終究忍不住返回了現場，親眼見證最後的次元門被破壞的瞬間。他的內心無比失落，卻也有一絲欣慰，至少他不會愧對前任魔王了。

忽然，點點白光在原本次元門矗立的地方一點一滴聚集，化為人形。

雷德狄呆呆地看著眼前的少女，少女靜靜站在那裡，睜開了澄亮的雙眼。

霎時，他覺得自己的靈魂被強烈地撼動，一股非常熟悉的感覺湧上心頭，占據了他的所有思緒。他緩緩伸出手，以顫抖的聲音喊道：「昆娜……？」

唐娜愣怔地望著他，此刻她的目光也全被雷德狄所占據。

她從以前便經常在夢中看見一道模糊的身影，以及一些曖昧不清的場景。這些夢總在她醒來後徹底消散，徒留悲傷的情緒，以及「必須去見某個人」的念頭，但她不知道該去哪裡找，更不知道那個人是誰。

如今，看著雷德狄，她終於知道了。

猶如命中注定一般，她終於知道自己要找的人是誰，並且喊出了那個名字。

「雷德狄。」

雷德狄瞬間熱淚盈眶，他握住少女伸過來的手，哭著露出最燦爛的笑容——

「我就知道，妳一定會遵守約定的。」

同一時間，次元門的另一頭，達成任務的奈西跪坐在地上，轉頭看向其他人。

「任務眞的……完成了對吧？」

諾爾點點頭，上前扶住看起來隨時會倒地的奈西。「我們的，目標達成了。從此以後，你不用擔心，國王會再找你麻煩了。」

奈西露出虛弱的微笑，靠上諾爾的肩頭，闔起雙眼沉沉睡去。

這一天，歷經無數歲月，最後一道次元門終於被破壞，使幻獸們真正擺脫了家園遭受入侵的噩夢。而促成這一切的功臣，便是席爾尼斯家最後的勇者。

奈西的事蹟在深淵魔族們的加油添醋下，很快在幻獸界傳了開來。

第十章

在貝卡發生了一場令人難忘的大地震後，這個召喚師之國迎來了巨變。

效忠於貝卡、曾爲國家奪得無數領土的芬里爾家向國王表示，由於近年芬里爾家不斷給國民製造困擾，這次還因爲自家糾紛引發了大地震，實在愧對於國家，因此他們決定全體辭去職務，從此退出貝卡。

國王數度挽留，無奈芬里爾家心意已決，依舊撤回了所有在各地駐紮的龍族召喚師（包括赫赫有名的水龍巫女），只留下幾名仍在就學的子嗣，乾脆地離開貝卡。

這個歷史事件中還發生了一則耐人尋味的小插曲，據說國王的副手——天眼龍王召喚師，與龍王召喚師在宮廷爲家族去留一事大吵了一架。

最後天眼龍王召喚師與家族決裂，向國王表明自己今後不再屬於芬里爾一族，並誓言永遠追隨國王。聽了他天花亂墜的說詞，國王大受感動，欣然接納了他的忠誠。

芬里爾一族將當年大魔法師貝卡賜予的豪華宅邸歸還給國家，前往水都涅羅比斯定居，這座以龍爲信仰的城市非常歡迎他們。

而少數明白政局的人們相信，水都總有一天會被龍王莉芙希斯名正言順地奪去，成為她所管轄的王國。有人說龍王預謀已久，也有人說這是解放幻獸的第一步，眾說紛紜，沒有人能確定未來的走向。

另一方面，同樣效忠貝卡千年的席爾尼斯家，也向國王提出了請辭。這個家族僅存的兩人表示，席爾尼斯家已為國家犧牲了太多，他們希望最後能平靜地度過餘生。理所當然地，席爾尼斯家也被慰留。

由於不小心搶了人家好不容易逮到的祭品，莉芙希斯自知有愧，所以她動用芬里爾家的力量，讓底下的召喚師們在王城大肆造謠，指控貝卡家壓迫他們這些菁英，還掀出公主其實被關在高塔上很多年等八卦，說得天花亂墜，順帶宣揚芬里爾家向來最尊重召喚師，鼓勵大家考慮搬到水都加入芬里爾家。

迫於輿論壓力，還有芬里爾家大剌剌搶人才的情況，已經沒有籌碼抗衡席爾尼斯家的國王只得放手，讓奈西和烏德克安享餘生。

國王不願冒著人才大量流失以及魔王暴走的風險，取得席爾尼斯家的力量，兩害相權取其輕，這向來是他的作風。

事已至此，國王只能無奈地中止攻打鄰國賽比西林的計畫，畢竟現在比起侵占別人的國家，芬里爾家即將崛起的問題更讓他頭痛。

這位老國王放走兩個家族後，自然也發現了女兒不見與次元門消失的事，他曾懷疑可能是席爾尼斯家暗中搞鬼，卻苦無任何證據。經過諸多調查，他只能推測，震垮公主牢房的地震是龍王造成的，那麼次元門可能也是在那時被震壞，或是被公主破壞了。

在大地震之後，再也沒有人看過公主的蹤影。國王只希望，這個與他道不同不相爲謀的女兒能在世界的某個角落好好生活。

「……你早就知道事情會這樣發展，對吧？」手持拐杖的瘸腿召喚師坐在一隻巨龍的頭頂上，望著整個王城沉聲問。

「你自己要相信這樣的做法可行，我又能怎麼阻止你呢？」被稱爲天眼龍王的巨龍呵呵笑著。「反正，死不了就是。時間也差不多了哪，你該物色你的繼承者了，他必須強大無比，且野心勃勃，也得跟你一樣執著，願意爲了力量付出任何代價。在你死之前，給我找出這樣的召喚師，我將賜與他無上的榮耀……你不會不聽我的話，對吧？」

「……當然不會。」

「接下來肯定會有很多勢力來籠絡我們，你準備好了嗎？」在水都一間豪華的別墅內，年輕的黑髮女子輕笑著問身旁的白髮老人。

「當然。」白髮老人執起她的手，虔誠而恭敬地吻上手背。「只要您能令我族世世代代保有無上光榮，將整個世界獻給您也沒問題。」

「反擊的狼煙已經升起。」在莊嚴的城堡內，身穿華服的國王嚴肅地對他的王儲說。「龍王莉芙希斯準備壯大自己的勢力跟我們打對臺，爲了大魔法師貝卡的榮耀，我們必須死守召喚條約，絕不能讓她得逞。」

「明白了，父王。」貝卡的王子斂起神色，認眞而堅決地回應。

「令人間界的政局產生變動，將是幻獸取回自由的第一步。龍王莉芙希斯今後會組織起不亞於貝卡的強大勢力，並爲我們爭取更多權益。」

在一間鄉村小酒館內，蒙著眼睛的俊美男子站在吧檯前，迎向在場所有幻獸的目光，高舉著酒杯說。

「各位被召喚時，請盡量說服你們的召喚師。時代在轉變，我們幻獸不再畏懼人類的入侵，已經沒有非得屈服於他們的理由。我們要的是尊重，幻獸可以當人類的朋友，但不能當人類的奴隸。雖然這仍是一場漫長的抗戰，不過我相信多多少少能影響一些召喚師的。」

在他結束演講後，幻獸們的反應相當熱烈。

「這沒問題，召喚我們的大多是一般平民，意志也沒有比我們強到哪去啦，好好勸說應該會聽進去的。」

「放心吧，我跟我的召喚師已經是朋友了！」

「如果互相尊重的時代真的來臨，那我們也離幸福不遠了。」

這個消息讓幻獸們都很開心，整個酒館內鬧哄哄的。縱使可能沒辦法活到和平的那天來臨，但他們找回了希望。只要明白未來還有希望，就能使他們有勇氣面對明天。

蒙眼男子回到他的夥伴那裡，這群來自不同生長環境的幻獸聚在一塊，不分種族與等級愉快地交談暢飲。

「講得眞是太好了嗚嗚，眞希望我的契約主不要再爲我宿醉工作的事罵我了！我怎麼知道何時會被召喚！」菲特納被亞蒙的演說感動得一場糊塗，但此話一出便立刻被旁邊的紅龍吐槽。

「你不要喝酒不就沒事了嗎？酒量不好還硬要喝，怪誰？」說完，霍格尼瞄了亞蒙一眼，有些神氣地誇口：「如果是老子來演講，得到的反應肯定會比你熱烈。我只要說一句龍族的時代來臨啦，你們這些獵物還不快給我跪下！所有幻獸就會乖乖給我跪了。」

「你不是被龍族驅逐了？」諾爾若無其事地揭人瘡疤。

「不可以哦，霍格尼，要跟大家好好做朋友。」坐在諾爾旁邊的羊爺爺和善地勸告。

「就是嘛！只有粗俗的男人才會說這種話。」克莉絲在一旁賊賊笑著損他，當她說完後，有人跟著幫腔。

「霍格尼尼要跟亞蒙蒙多學學，人家講得比你好多了。」

「對啊對啊，亞蒙明顯比霍格尼好多了——等等。」說到一半，克莉絲發覺不對，她猛然轉頭看向突然冒出來的蝴蝶妖精，充滿敵意地高聲說：「妳這傢伙看男人的眼光不准跟我一樣！還有，妳爲什麼在這裡呀？妳又不住艾爾狄亞，來這裡幹麼？」

「人家不能來嗎？」伊娃朝她吐舌扮鬼臉。「伊娃聽說亞蒙蒙要演講，就來觀摩了，伊娃可是未來的妖精外交官，當然要多多學習。」

「說得好，口才對外交官來說可是很重要的。」彷彿眞的擔任過外交官似的，亞蒙擺出前輩的架勢。「尤其妳身爲奈西的使魔，習得這個技能肯定能派上用場。」

伊娃用力點點頭，開心地回：「艾斯提說過，使魔最好要十項全能！總有一天伊娃也會變得十項全能，然後幫上奈西西的忙！」

「他是特例。」諾爾面無表情地糾正。有時候他真希望艾斯提能少灌輸些奇怪的觀念給伊娃。

一行人很快又開啟別的話題，亞蒙也藉機入座。在他坐下後，諾爾盯著酒杯裡的倒影，對他低聲說：「你不會想到，龍王底下做事？」

「不會。」亞蒙毫不猶豫地輕快回答。「她有她的夥伴，我有我的。我跟奈西已經約定好，只要他沒放棄他的夢想，我就會一直待在他身邊。」

諾爾發出山羊特有的哼哼聲。

「唐娜呢？她還好嗎？」

諾爾點頭。

「她似乎就是，我們魔王，一直在等的人。她出現在深淵後，雷德狄把她帶回了，魔王城。雷德狄跟佛洛他們，會保護她，你不用太擔心。」

聽了這番話，亞蒙放心下來。有魔王等級的幻獸保護公主，應該不會有問題了。看樣子改天他可以去魔王城作客，希望這位魔王也是唐娜公主一直在尋找的人。

「眞是太好了呢。」

「嗯。」

「咳咳……」一陣咳嗽聲打斷兩人的談話，只見羊爺爺一手拿著杯子，一手握拳放於嘴前，咳得有些厲害，在旁邊的人拍拍背幫他順氣後，他才好過了一點。

「喂，老爺子，你該不會也點啤酒吧？這把年紀就別喝了。」霍格尼沒好氣地勸告。

「咳，沒事，我點的是山莓汁，只是嗆到而已。」羊爺爺環顧在場的幻獸們，無奈地微笑。「可能年紀大了，人多的地方待太久容易恍神，才不知不覺喝到嗆著。我先回去休息好了，你們繼續聊。」

見羊爺爺起身準備離去，諾爾也站了起來。「我也先回去。」

「你不再多待一下？你的朋友們可都還在呢。」羊爺爺訝異地說。

諾爾搖搖頭，蹭了蹭他。「想睡覺了。」

見狀，羊爺爺也不再多言，他跟諾爾一起告別夥伴們，離開了酒館。

「你有一群好朋友呢。」兩隻大山羊漫步走回山上，有一句沒一句地閒聊，兩人都非常享受難得的散步時光。

諾爾聳聳肩，這般看似不在乎的樣子羊爺爺早已習慣。他認識的諾爾總是如此，面無表情，彷彿對什麼都不感興趣，可實際上比誰都要來得重視身邊的人。

「你準備，重新開辦小教室？」

「嗯，已經整理得差不多了。」羊爺爺語帶笑意。

不知不覺，兩人抵達了小教室所在的地方，小教室已經跟當年一樣窗明几淨，雖然有些破舊，仍保有諾爾所熟悉的面貌。

他們走在山坡上，四周伴隨著點點蒲公英雪花，兩人心有靈犀地往那棵對他們而言具有特殊意義的大樹前進。

「還記得你第一次上課的樣子嗎？」

諾爾聳聳肩。這件事太過久遠，他記不太得了。

羊爺爺低笑出聲，懷念地娓娓述說。「那時好不容易把你養到可以斷奶了，決定讓你加入大家，我記得你第一次跟教室裡的其他孩子見面時，帶著矇矓的眼神，大家都圍著你，想跟你認識，你卻無視大家，直接躺在教室中央睡覺。」

「有這回事？」

「有啊，我記得很清楚。每一個小教室裡的孩子，我都記得很清楚。」羊爺爺望著滿天的蒲公英飛絮。「可惜我不是好老師，第一次開班授課就發生這種事。」

「那不是你的錯。」

「嗯……也許吧。但我總會忍不住拿自己來跟他比較。」

「托比？」

「不，是我唯一的召喚師。他是在偏鄉地區教書的老師，因為鄉下的孩子很難得到完整的教育，所以他總是騎著我翻山越嶺，四處流浪擔任教師。我們待過很多地方，走過千山萬水，最後他年老時，找了個景色優美、氣候宜人的小村莊安享晚年。直到死前，他仍惦記著村裡那些學生。遺憾的是，那個村莊沒有像他一樣能召喚出我的召喚師，所以他死去之後，我再也沒有回去那個地方。」

羊爺爺閉上雙眼，略顯難過地笑著說：「我想跟他一樣，教育偏鄉的孩子。即使生存是幻獸的本能，但我想學點知識還是需要的，運氣好的話，說不定能像你的蛇族朋友一樣，以自身學識與經驗成為能幹的幻獸，為這個世界謀福。可惜我失敗了哪……第一次當老師，便失敗得一塌糊塗。」

他們靠著大樹坐下，肩並著肩，望著滿山遍野的蒲公英。溫暖的微風掀起一陣雪白浪花，眼前的景象有如降雪那般醉人。

「至少有一個順利畢業了。」

「是啊……你可能不知道，當時你出現在那裡，對我而言是多大的救贖。我曾經救了你，而你在那一刻也拯救了我。」

「可是，我做得不夠好，因為你還是，去山上隱居了。」

「你做得很好了。」羊爺爺摸摸他的頭，仰頭看向天空，就好像要永遠記住這一刻似的。

「諾爾，你相信來生嗎？」

「來生？」

「在人類的信仰中，有一種說法，人死後會轉世，再度投胎成嬰兒降生，以嶄新的姿態活下去。不過身為幻獸，相信這個說法或許有點可笑吧，畢竟我們有我們的信仰。」

接收到諾爾的目光，羊爺爺轉頭對他露出了然於心的微笑。

「我想你已經發覺了，我沒剩多少日子可活了。」

「……你還能活很久的。」

諾爾悶悶不樂地回。

事實上，諾爾的確很早就察覺了異樣，回鄉那天在山頂看見羊爺爺時，他聞到了一股不該出現在羊爺爺身上的味道。幻獸因為具備靈敏的嗅覺，所以對疾病的感知也比人類要敏銳。

「你不用安慰我，我的身體情況怎樣，我自己最清楚。之前艾爾狄亞來了三位漂亮的妖精小姐，說是來偏鄉巡診，幫我這個老人家做了健康檢查，這事你知道的吧？雖然她們一副碰巧遇見我的樣子，但我明白肯定是你請來的，你這孩子就是愛操心。」

諾爾不答，只是沉默地坐著。

「你應該也得知我的身體狀況了。生死有命，無論是誰最後都免不了被死亡召喚，我體內的癌細胞已經擴散至全身，大概幾年內就會被奪走性命。」

羊爺爺的語氣像是在說等等要去吃晚餐一般輕鬆，沒有任何恐懼。

「不用爲我難過，這是遲早的事。在我死後，將我葬在這片山坡吧。我會化爲塵土、化爲樹木與風、化爲艾爾狄亞的一部分，與你一同活著。每當你站在這片山坡上，感受到溫暖的微風時，那肯定是我在你耳邊說話。即便死了，我也會待在這裡，永遠等著你回來。」

羊爺爺的聲音無比溫柔，猶如春日的暖陽般，讓諾爾逐漸平靜。

「我並不害怕死亡，真的。」

諾爾挪動了下位置，讓自己緊緊貼著羊爺爺。

羊爺爺望向遠方。「我會變成幻獸界的一部分，這就是我們幻獸最虔誠的信仰。但是……如果可以，我很想再見見我唯一的召喚師。」

「如果見到他，他一定會這麼對我說吧——」他清了清喉嚨，以莫名誇張的語調怪裡怪氣地開口：「想不到你第一次當老師就搞砸，真是太沒用了。沒辦法，過來吧，我來教你怎麼當，下輩子再一起教書吧，菲勒斯。」

說完，羊爺爺笑了，笑得有些悲傷。「他肯定會這麼說的。」

他們各自陷入了思緒中，不久，諾爾靜靜開口：「會見到的。雖然我們信仰不同，不過，心是在一起的。」

「嗯。」似乎覺得諾爾說的有道理，羊爺爺稍稍釋懷。「即使兩邊的世界不再相連，但我們與人類的羈絆已經緊密得無法分開了。這份羈絆總有一天一定會將幻獸界與人間界再度緊緊相繫，到時候就能再會了，你說是吧？」

諾爾點點頭，與羊爺爺一同仰望晴朗無比的天空。

「一定會的。」

「你眞的決定這麼做？」

「嗯。即使幻獸界與人間界不再相連，但兩個世界的居民已經建立起緊密的關係，不可能再回歸次元門出現前的生活，所以我希望以自己的力量，爲兩方的和平盡點心力。」

「這會是一條十分艱辛的路。」

「我知道，不過我已經決定了，而且我相信幻獸們都會協助我的。」

聽了這句話，伊萊嘆了口氣，不再勸阻奈西。

得知奈西畢業後的志向，他嚇了一大跳，但也明白這是奈西經過深思熟慮的決定，身爲摯友，他選擇支持。

「那你呢？畢業後打算做什麼？」才剛問出口，奈西便想到一件事，頓時露出難過的表情。「你會跟著家族一起搬到水都嗎？」

「在畢業之前，我都會留在這裡。」伊萊連忙說。

現在芬里爾族中一片混亂，伊萊的嘴角卻忍不住上揚。因爲自從芬里爾家與貝卡分道揚鑣後，水龍的巫女便功成身退，返回了家中。她不用再擔憂水都的安危，畢竟龍王已將那裡當成地盤。伊萊一家三口終於團聚，過著寧靜和樂的生活。

「畢業後，我應該會去水都參加龍王召喚師的徵選，不過我的老家在這裡，我還是會常常回來的。」

雖然成爲龍王召喚師也沒什麼了不起，因爲主權在龍王身上，但如果擁有這個身分可以協助奈西，他倒也不至於抗拒。

他已經不是當年那個只接受自家觀念，以馴服強大幻獸爲傲的召喚師。

奈西讓他明白了這世上幻獸與人類之間不是只有一種相處之道，母親的事使他開始學習自己去思考並判斷事情的對錯，而龍王……他從長輩的口中知悉了龍王發出震天咆哮的那一日，那番撕心裂肺的自白。

芬里爾家自詡龍族專家，卻無法馴服霍格尼，因爲他們從未試圖理解這條龍的處境。明明自稱龍族召喚師，卻一點也不了解龍，這件事曾讓伊萊有些羞愧。如今因緣際會聽聞了龍王的心聲，縱使他知道龍王不需要拯救，也知道她的痛苦沒有任何人能撫平，他仍希望自己能做點什麼。

他是龍族召喚師，這一次，他想靠自己的力量去了解龍。該成爲怎樣的召喚師，由他自己決定。

得到伊萊的回答，奈西點點頭，露出開心的笑。擺脫召喚魔王的宿命，讓他終於得以與身邊的人一起描繪未來，光是像這樣討論著就能帶給他幸福感。儘管未來還有很長一段路要走，他依然覺得充滿了希望。

告別了伊萊返家，正在院子裡修剪花草的艾斯提一看見奈西，立刻笑著打招呼。「你回來了啊。」

「嗯，我回來了。」奈西乖巧地回應。

現在寬廣的院子已經完全恢復生機，院裡有的區塊是蓊鬱的迷你樹林，有的區塊則是精緻的花園，還有一片平整的草坪專門給像霍格尼這種大型幻獸休憩。而習慣在院子裡開茶會的奈西，更講究地規劃了一處用以舉辦茶會的小天地。

在院子打理完畢後，時不時可以發現路過的王城居民豔羨地望著庭院。

一踏進家門，奈西二話不說前往了烏德克的書房。這個家太大，如果不主動交流，恐怕一整天下來連打個照面都有困難，所以奈西每次回家都會乖乖問安，出門時也會說一聲。

他打開房門，只見烏德克正專心寫著什麼，桌邊擺了許多書。聽見奈西的問候，烏德克才回過神。

「你在做什麼？」奈西有些好奇地想湊過去看，隨即想到烏德克是他的老師，連忙又退了好幾步，慌慌張張地遮住自己的眼睛。「我、我什麼都沒看到！絕對沒有偷看考試題目還是未來作業什麼的！」

這副老實的樣子讓烏德克忍不住失笑，他停下筆，朝奈西招招手。「沒事的，我不是在處理學校的工作，過來吧。」

奈西這才放下手，來到自家叔叔身邊。桌上的書全是魔族與勇者的相關文獻，烏德克似乎正在整合兩邊的歷史。

「我向佛洛要了魔族的歷史記載來看，想把魔族與我們家族的事蹟詳細記錄下來。」烏德克看著桌上的文獻，眼神漾著溫柔的情感。「我想，席爾尼斯家恐怕眞的走到盡頭了，因爲我們已經不再需要承擔延續血脈的義務。我們若不在了，就再也沒有人能繼承勇者的精神，守護與魔族之間的羈絆了。所以，我想將這一切書寫下來，雖然不求被理解，但至少能讓後人知道我們爲何被稱爲勇者一族，又是爲了什麼而犧牲。」

「你會把水都淪陷的眞相寫進去嗎？」說到犧牲，奈西想起他那英勇犧牲卻不被在乎的父親。他很希望大家可以知道眞相，不過他也明白，這不是能隨意說出來的事。

烏德克點點頭。「寫完之後，我會將原稿交給魔王，由他們來守護，這樣就不必擔心眞相被埋沒。」

說到這裡，烏德克笑著補充：「我也會撰寫介紹魔族的書籍。他們是友善的種族，値得被善待，我希望召喚師們能多認識這些對人類相當友好的朋友。」

奈西點點頭，感覺一顆心暖暖的。

「爸爸一定會很高興的，祖先們肯定也是。你雖然沒有成爲魔王召喚師，可是依然繼承了他們的精神，還將我們與魔族的歷史保存下來。」奈西打從心底露出笑容，傾身抱住烏德克。「雖然爸爸同樣是勇者，不過烏德克才是我內心第一名的勇者哦。你經歷過大風大浪，既痛苦迷惘過，也憎恨命運過，但接受了這一切，對他的姪子無私付出，最後也仍承襲勇者精神守護了這個家的烏德克，才是我心目中最棒的勇者。」

奈西的話令烏德克久久無法回神。

在仔細消化、將這番話烙印在心中後，他才緩緩伸出手，擁抱這個爲他帶來救贖的少年。

「我會一直當你心目中最棒的勇者的。」

「嗯！」

告別烏德克，奈西回到自己的房間。他將項鍊的鍊墜掏出來，放在掌心上，靜靜凝視著。而後，他握緊鍊墜，喊了一聲：「召喚，諾爾瑟斯。」

召喚陣在眼前浮現，但這次的召喚陣特別不同，竟是像一扇門般，垂直在地面上開啟。

奈西第一次清晰地看到諾爾所在的世界，他一眼望見站在蒲公英花海中的諾爾，無數蒲公英種子在四周飛舞，諾爾的目光與他對上，眸光平靜無波。

不知爲何，奈西總覺得類似的場景以前也曾出現過。就像是怕失去對方似的，奈西朝諾爾伸出手。

黑羊對他露出奪目的微笑，也伸出了手，將他的手牢牢握住，一腳踏了過來。

一陣來自艾爾狄亞的風淘氣地溜進召喚陣，還帶來許多蒲公英種子當伴手禮，瞬間奈西的房間也掀起白色浪潮，蒲公英種子輕盈地在房裡旋舞，落到了地面，床上都是柔軟的白絮。

奈西開心地笑了，他握緊諾爾的手，另一隻手則攤開手掌，像是回應他的動作似的，一顆蒲公英種子落到他的掌心。

「他們是，我的朋友。」諾爾解釋。「也許他們想找你玩，才來到這裡。」

「他們能在人間界生存嗎？」奈西期待地問。

「不知，你可以試試。」

奈西高興地點點頭，小心翼翼地將蒲公英種子收藏起來，這是已經和人間界隔離的另一個世界的種子，得好好珍惜才行。

「這次召喚你，主要是想告訴你一件事。」奈西站到諾爾身前，理了理衣袍，試著讓自己看起來成熟一些。

「怎？」

「我已經決定畢業後要做什麼了。」奈西露出靦腆的笑。「之前我跟你說過吧？召喚協會的核心是由十名成員所組成的，一半是人類，一半是幻獸。」

諾爾點點頭。這十名成員能決定召喚師與幻獸的未來，他們負責管理召喚系統，束縛整個幻獸界的召喚條約也是由召喚協會制定的。他記得龍王是幻獸方的代表之一，國王則是人類方。

「我將來想成爲十大核心成員之一。」奈西咳了聲，似乎有些不好意思。「雖然幻獸方也占半數，握有主權的仍是召喚師方，所以我想，如果我能成爲召喚師這方的其中一位成員，應該可以爲你們爭取更多權益。」

諾爾訝異地看著奈西，昔日那個青澀稚嫩的少年正逐漸蛻變成一個有主見的優秀召喚師，並且立下他以前絕不敢妄圖的遠大夢想。

當年奈西的父親為了成就大魔法師貝卡的烏托邦而犧牲，而奈西雖覺得這並不是他所期望的世界，卻也不知道自己到底該怎麼做。如今，他終於擺脫召喚魔王的宿命，身邊幻獸們的故事也讓他有所醒悟，這一次，他終於明白自己要的是什麼了。

「我仔細思考過爸爸所說的話了。對我來說，理想的烏托邦應該是幻獸與人類能夠平等相處的世界，雙方互相包容尊重，也互相接納理解。我們彼此建立起良好關係，一同快樂地生活。我知道現在的社會離這個理想還很遙遠，但我想去努力實踐這個未來。」

他笑著向諾爾說出自己的想法。

「我已經了解過，想成為十大核心成員之一有三種途徑，其中三個席次是給宮廷召喚師的，一個席次是給國外的召喚師代表，最後一個則是由人民遴選。」

諾爾立刻明白了奈西的打算。「你想成為，貝卡最受歡迎的召喚師？」

奈西點點頭。「我是絕對不會進入宮廷的，而由於居住在貝卡，我也不能爭取國外的席次，所以只剩這個辦法了。」

諾爾俯身看著奈西，確認少年的決心。「會很辛苦。」

「我知道，不過我有你們，還有烏德克會支持我，伊萊也是。至於修迪……我很想看看當他得知我成為十名成員之一後，會有什麼反應。肯定會很頭痛，還會對我發脾氣吧？」

話雖這麼說，奈西卻笑得相當開心。

「肯定的。」想到修迪的反應，諾爾的心情也好了起來。

「所以，你會協助我嗎，諾爾？」

雖然早已清楚答案，奈西還是斂起神色，慎重地詢問。

面對奈西如此認眞的態度，諾爾自然不會輕率回應。

他執起奈西的手，將之拉到唇邊，嘴角勾著輕笑，在那隻纖細的手上落下一吻。

「不需多問，你知道，我會一輩子待在你身邊。」

奈西的臉頰微微泛紅，露出最燦爛的笑容。

「我也是。」

（全文完）

番外　諾爾瑟斯的召喚師

在席爾尼斯一家正式成為平凡的召喚師家族後，奈西和烏德克終於得以過上平靜安穩的生活。

確定了未來志向的奈西持續朝目標努力著，畢竟想成為召喚協會的十大核心成員之一並非易事，為了得到席次，他必須付出比常人多上數倍的努力。

所幸他擁有優渥的環境與資源，還有支持他的家人與幻獸，即使仍有一段長遠的路要走，他相信在眾人的陪伴下，總有一天必定能實現夢想。

「呼……」夜裡，仍待在學校圖書館的奈西終於讀到一個段落，他闔上書本，忍不住打了個呵欠。望了眼窗外高掛的月亮，他這才驚覺時間已是深夜。「糟了，這麼晚了嗎？得趕快回去才行。」

他連忙收拾起桌上的書本跟文具。由於圖書館有些書籍不開放外借，奈西只能在館內閱讀，不過他現在已經是個品學兼優的學生，因此圖書館管理員下班時並沒有趕他走，只提醒他離開前要鎖好大門。

雖然奈西事先告訴過烏德克會晚點回家，但他不會真的待得太晚，他知道烏德克會擔心。儘管是擅長在黑夜行動的魔族召喚師，奈西每晚仍乖乖地在家睡覺，不曾外出遊蕩。

「走吧，諾爾……咦？」他呼喚了照理說應該待在附近的大山羊，四下看了看卻沒發現諾爾的身影。在他感到疑惑時，眼角餘光突然瞥見角落處有團毛茸茸的物體。

奈西不禁失笑，他緩步走過去，撲進諾爾胸前的蓬鬆白毛裡。大山羊因此醒來，打了個呵欠，撒嬌似的蹭了蹭自家召喚師。

「回家吧，諾爾。」

諾爾點點頭，化為人形，與奈西走出了圖書館。在奈西鎖上圖書館大門後，他朝奈西伸出手，準備像以前一樣將人單手抱起。

想不到，察覺諾爾的意圖，奈西後退了一步。

諾爾不解地看他一眼。

「那、那個……」奈西咳了一聲，有些尷尬地說：「我已經是大人了，以前那種抱法不、不太適合現在的我。」

諾爾歪了歪頭。他猜測奈西是想說被那樣抱著太孩子氣，又覺得這話會傷人，所以沒有直接說出口。

雖然奈西在他眼裡仍顯得稚嫩，但他畢竟不夠了解人類，只知道人類好像在某個年齡層會進入「青春期」什麼的，據說在這個時期人類的心態會有微妙的改變。

「你希望我以大人的方式對待你？」他揣測著奈西的心思。

奈西立刻點頭如搗蒜。

諾爾想了想，再度朝奈西伸出手，這次卻是雙手將少年橫抱起來。意識到自己又被公主抱後，奈西的臉上浮現羞恥的紅暈。

「諾、諾爾，這個姿勢——」

「這是大人式抱法。」

這個說法成功讓奈西打住了話。

他愣了愣，表情既困擾又疑惑，不過仍試著接受這個情況。他並不懷疑諾爾的話，因爲在他眼中，諾爾就是個成熟的大人，肯定比他還懂怎麼當大人。

奈西猶豫地摟住諾爾的頸子，目光充滿好奇，想要從諾爾眼裡窺探屬於大人的世界。

「你會教我怎麼成爲一個大人嗎？」他很希望能變成像諾爾這般成熟可靠、充滿魅力的大人。他的身邊有許多這樣的大人，可是每當他想向他們看齊時，又覺得自己離目標好遙遠。

諾爾點點頭，溫柔地看著自家小主人，語氣充滿眞摯的情感。

「我會讓你成爲一個優秀的大人。」

得到諾爾的承諾，奈西綻開笑顏，放心地點點頭。

黑霧逐漸瀰漫，掩住了兩人的身影，奈西東張西望了一會兒，確認不會有任何人看到他們後，便小心翼翼將頭枕在諾爾的白毛圍巾上，放鬆地嘆息一聲，闔起雙眼。

雖然已經過了撒嬌的年齡，但他知道，諾爾不會介意他偶爾偷偷撒個嬌。而且這是大人式抱法，他想，在這樣的狀況下撒嬌應該不會太孩子氣。

諾爾低頭看了溫馴靠在懷中的奈西一眼，嘴角微微上揚。雖然奈西改變了很多，不過依然保有當年的天真可愛。

他知道，這名還在成長的少年總有一天會成爲偉大的召喚師，幻獸們會歌頌他的名字，將他當成希望。

他會成爲烏托邦的勇者，爲了建立人類與幻獸和平共處的烏托邦而奮鬥。這一次，勇者不需要再犧牲自己，因爲他的身邊有一群與他共患難的夥伴。

後記　各自的幸福

本集就是《召喚師》正文的完結了，有鑒於希望故事結束後，大家也能想像角色們未來的生活，所以這次我比較側重於描寫主角以外的其他角色，且專注在幻獸視角，以亞蒙爲首帶出幻獸們的另一種心聲。

在撰寫卷六時，我的樂趣之一就是寫亞蒙這個角色。他跟之前出現過的幻獸都不同，雖然在召喚下活得很痛苦，但並不是因爲像諾爾一樣懶得工作，或者像霍格尼一樣被虐待，亞蒙其實過得不錯，因爲他懂得如何迎合人類。

然而，召喚體制限制了他的發展，野心勃勃的他渴望能夠一展長才，自認不會輸給任何人，可身爲幻獸，他連追求夢想的資格也沒有。偏偏在這種情況下，他的身邊出現了身爲幻獸卻能掌握主權、干預政局的莉芙希斯，這讓他更加難以忍受，所以才做出利用奈西破壞次元門的行爲。

在寫這段情節時，我其實膽顫心驚的，感覺亞蒙正走在通往Bad End的路上，一個不小心就會被諾爾殺掉。

不顧奈西的安危利用他，要是被諾爾知道了肯定會完蛋的。看到那個惹毛艾斯提的宮廷召喚師的下場了嗎？敢傷害魔族幻獸唯一的召喚師，下場很慘的！幸好事情最後平安解決了。

撇除這個行爲不談，亞蒙的本性其實不壞，只是他幾乎是爲自己的夢想而活，在這一點上他很像個人類，可以跟艾斯提一同角逐最佳生錯種族獎了。（咦）

亞蒙會這麼執著於成爲莉芙希斯第二，多少是受蛇神的自殺影響。他心底隱隱認爲，若蛇神當時活了下來，說不定能跟龍王一樣成爲幻獸界的希望，然而他的神卻跨不過這道門檻，選擇了死亡。

故事中出現的金色契文幻獸大部分都過得不怎樣，尤其是經歷了戰爭時期的王者們。

兩任魔王一個被殺死，一個在召喚任務中身受重傷，最後含恨而亡；石化蛇神自盡；莉芙希斯則活了下來，因爲經受過諸多磨難，成爲了意志最堅定的幻獸。

莉芙希斯明明想毀滅貝卡，最後卻選擇放下的原因，就是因爲她想守護像羊爺爺這樣的幻獸。幻獸界有許多如羊爺爺一般，與人類建立羈絆、過著平凡幸福生活的幻獸。所以無論她有多率性妄爲，她始終銘記著自己是背負著整個幻獸界的王，必須將幻獸的福祉放在第一位。

順便再跟大家聊聊後宮幻獸組諾爾、霍格尼、亞蒙的攻略重點，他們要的東西各自不同，滿足了條件就能收爲夥伴。

亞蒙要的是「尊重」，不在乎種族與身分地平等對待他、尊重他的夢想；霍格尼要的是「理解」，縱使惡名昭彰，他仍期望有人願意抛開成見去理解眞正的他。至於諾爾，諾爾要的是包養……咳咳，我是說「愛」。這隻山羊所求的很簡單，只是希望有人能包容他的任性、愛他寵他而已。聽起來很容易，不過能否做到還是因人而異，例如你叫伊萊去愛一隻白目山羊的話，他大概會召喚龍揍你。

順帶說說伊娃，小蝴蝶要的也很簡單，她什麼都不用，就只要「奈西」。她是一隻尋覓花朵的蝴蝶，而奈西就是她選定的花花。

一路出到第六集，寫了各種形形色色的幻獸讓我很開心。當初之所以創作《召喚師》，主要是想以偏向幻獸的角度去描寫「召喚」這件事，如今六集下來，故事裡從平民階級到王者等級、從受虐待的到被疼愛的、從生於這個時代的到存於戰爭時代的幻獸都有。

在召喚體制下，他們究竟是抱著怎樣的心情而活，又是如何找到生存之道，我都盡量傳達出來了，能夠達成當初寫這部作品的目標，我非常感謝POPO給予的機會。

我也要謝謝我的編輯，如果大家看完第六集沒有感到太混亂，都是編輯的功勞。當初寫第六集的時候，因爲想講的事情太多，導致支線整個大爆炸，我還自己寫到OOC了（爆笑），是編編提醒我，並協助我整理支線把故事重心拉回來的。

當初寫到最後力不從心時，就覺得這次要完了，果眞把完稿交給編輯後，收到了一長串的修文建議，這大概是繼烏德克之後的第二大劇情危機，還好最後都一一克服了。

最後，謝謝大家一路追隨諾爾與奈西的腳步走到這裡，希望這個結局大家還喜歡。

草草泥

國家圖書館出版品預行編目資料

召喚師的馴獸日常. 6, 這回勇者不鬥惡龍，只砸門 / 草草泥著. -- 初版. -- 臺北市；城邦原創出版：家庭傳媒城邦分公司發行, 民 106.08
面；公分

ISBN 978-986-95299-0-7（平裝）

857.7　　106013963

召喚師的馴獸日常 06
這回勇者不鬥惡龍，只砸門

作　　者／草草泥
企畫選書／楊馥蔓
責任編輯／陳思涵

行銷業務／林政杰
總 編 輯／楊馥蔓
總 經 理／伍文翠
發 行 人／何飛鵬
法律顧問／元禾法律事務所　王子文律師
出　　版／城邦原創股份有限公司
台北市中山區民生東路二段 141 號 6 樓
電話：(02) 2509-5506　傳眞：(02) 2500-1933
E-mail：service@popo.tw
發　　行／英屬蓋曼群島商家庭傳媒股份有限公司城邦分公司
聯絡地址：台北市中山區民生東路二段 141 號 11 樓
書虫客服服務專線：(02) 25007718．(02) 25007719
24小時傳眞服務：(02) 25001990．(02) 25001991
服務時間：週一至週五09:30-12:00．13:30-17:00
郵撥帳號：19863813　戶名：書虫股份有限公司
讀者服務信箱 email：service@readingclub.com.tw
城邦讀書花園網址：www.cite.com.tw
香港發行所／城邦（香港）出版集團有限公司
地址：香港灣仔駱克道 193 號東超商業中心 1 樓
email：hkcite@biznetvigator.com
電話：(852)25086231　傳眞：(852) 25789337
馬新發行所／城邦（馬新）出版集團 Cité(M)Sdn. Bhd.
41, Jalan Radin Anum, Bandar Baru Sri Petaling,
57000 Kuala Lumpur, Malaysia.
電話：(603) 90578822　傳眞：(603) 90576622
email:cite@cite.com.my

封面插畫／喵四郎
封面設計／蔡佩紋
印　　刷／漾格科技股份有限公司
電腦排版／陳瑜安
經 銷 商／聯合發行股份有限公司
電話：(02)2917-8022　傳眞：(02)2911-0053

■ 2017 年（民 106）8 月初版　　Printed in Taiwan
■ 2020 年（民 109）11 月初版 6.5 刷

定價 / 250元

ISBN　978-986-95299-0-7